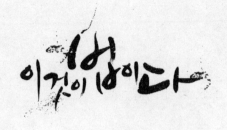

이것이 법이다 114

2021년 6월 4일 초판 1쇄 인쇄
2021년 6월 9일 초판 1쇄 발행

지은이 자카예프
발행인 김정수 강준규

기획 이기헌 왕소현 박경무 강민구
책임편집 최전경
마케팅지원 배진경 임혜솔 송지유 이영선

발행처 (주)로크미디어
출판등록 2003년 3월 24일
주소 서울시 마포구 성암로 330 DMC첨단산업센터 318호
Tel (02)3273-5135 **편집** 070-7863-8592 Fax (02)3273-5134
홈페이지 rokmedia.com E-mail rokmedia@empas.com

ⓒ 자카예프, 2015

값 8,000원

ISBN 979-11-354-8917-4 (114권)
ISBN 979-11-255-9575-5 04810 (세트)

이것이 법이다

114

자카예프 장편소설

로크미디어

CONTENTS

인간의 서열

"머리 진짜 복잡하네."

노형진은 미국에 와 있다.

여러 가지 이유가 있었지만, 그래도 이제 모든 일이 끝난 상황이라 딱히 머리 쓸 일은 없었다.

"그런데 미스터 노, 왜 정부에서 미스터 노의 눈치를 그렇게 보는 거예요?"

"아, 그런 게 있습니다."

노형진은 엠버의 말에 그저 미소 지었다.

일본에서 벌어진 그 끔찍한 사건에 대해 CIA가 가능하면 비밀로 하고 싶어 했기 때문이다.

정확하게는 일본 정부에서 최대한 기밀로 해 달라고 했고,

미국은 그 과정에서 왕창 뜯어먹었다.

'하여간, 줘도 못 먹냐?'

그럴 수밖에 없다.

일본이 동맹의 뒤통수를 칠 심산으로 가스를 바다에 감춰 놨다? 그랬다가 까먹어서 전 세계적인 가스 테러가 터질 뻔했다?

그렇게 창피한 일이 어디에 있겠는가?

그나마 오랜 시간 공들여서 일본에 우호적인 나라가 많아졌는데 그 사실이 드러나면 아마 일본은 가루가 되도록 까일 것이다.

물론 노형진은 그 이득을 한국 역시 공유하기를 원했지만……

'그놈이 그걸 챙겨 먹을 리가 없지.'

홍안수는 절대로 그럴 생각이 없어 보였다.

'뭐, 좋지. 그걸 내가 쪽쪽 빨아먹을 수 있어서.'

노형진은 그 덕분에 일본 내에서 어마어마한 이권을 챙길 수 있었다.

일본 정부에서는 속이 쓰려서 죽을 판국이겠지만.

"그러면 바로 한국으로 돌아가실 건가요?"

"그럴 생각은 없습니다. 이번에는 진짜 쉬어야 살 것 같거든요."

"호호호. 하긴, 미스터 노는 심각한 일중독자죠."

"저라고 일중독자가 되고 싶은 게 아닙니다, 엠버. 주변에서 저를 가만두지 않을 뿐이에요. 그래도 최소한 미국에 있으면 일은 주지 않을 테니 미국 온 김에 좀 쉬어야겠습니다. 클럽에도 다니고 파티에도 좀 따라다니고."

"미스터 노가요? 전혀 어울리지 않는데요."

"때로는 소소한 일탈이 제법 인생을 재미있게 해 주거든요."

노형진은 눈을 찡긋하면서 말했고, 엠버는 노형진이 왜 그런 말을 하는지 알아차렸다.

"오픈하는 걸로 할까요, 아니면 초대권을 구해 드릴까요?"

미국식 파티는 여러 종류가 있다.

하지만 노형진이 원하는 게 바비큐 파티나 홈 파티는 아닐 테니까 클럽 형식의 파티일 수밖에 없다.

"음…… 둘 다 해 보죠."

"차라리 미스 손에게 부탁해 보는 게 어때요? 미스 손이 그 세계에서 중요한 셀럽인 건 알고 있지요?"

노형진은 엠버의 말에 고개를 끄덕거렸다.

손채림은 빠르게 성장했고, 현재 미국뿐만 아니라 전 세계에서 알아주는 셀럽이 되었다.

그래서 그녀가 파티를 한다고 하면 전 세계에서 유명한 셀럽들이 몰려오는 건 당연한 거였고, 말 그대로 초호화 파티가 벌어진다.

"그래서 싫은 겁니다."

"네? 어째서요?"

"파티라지만 거긴 전쟁터 아닙니까? 말이 셀럽이지, 어휴. 엠버도 아스가르트에 한번 타 보지 않았습니까?"

"아하! 무슨 뜻인지 알겠네요. 하긴, 파티 자체를 즐기기 위한 목적으로 어울린다고 보기는 좀 힘들죠."

그 정도 규모의 파티에 들어오는 사람들은 워낙 세력이 있다 보니 서로 신경 쓰고 눈치를 보면서 조심스럽게 이야기한다.

물론 아예 파티만 따라다니는 셀럽도 있지만, 그들의 급도 너무 높아서 은근히 싸움이 붙어 버린다.

"아스가르드에 겐야랑 로테스가 왔을 때를 생각하면……."

"아…… 두 사람이 설마 한꺼번에?"

"네. 파티는커녕 폭탄을 싣고 다니는 줄 알았습니다, 하하하."

겐야와 로테스가 미국에서 잘나가는 뮤지션이라 손채림은 뮤지션 파티를 겸해서 그들을 초대했다.

그런데 그들은 빌보드 1위를 두고 치열하게 싸우고 있었고 또 사이까지 좋지 않아서, 파티가 아니라 거의 독서실 수준의 정적 속에서 비행했다나?

"저는 그냥 순수하게 파티를 즐기고 싶습니다, 엠버."

"그런데 미스터 노는 술 못 마시잖아요."

"뭐, 분위기죠."

노형진은 어깨를 으쓱했다.

확실히 술은 못 마시지만 그런 흥청거리는 파티 분위기에서 하루 놀고 나면 스트레스와 긴장감이 많이 풀리기는 한다.

특히나 일본 사건은 워낙 긴장감이 심해서, 그 이후에 노형진이 위장약을 달고 살 정도였으니까.

"그러면 셀럽도 말 그대로 놀러만 다니는 사람들이 좋겠군요."

"가능하면 그렇게 해 주세요. 그리고 수영장 파티로…… 아시죠?"

"미스터 노도 가끔은 보면 세속적이라니까요."

"뭐, 세속적이니까 돈을 벌려고 변호사 하는 거 아니겠습니까, 하하하."

한국 같으면 그런 소리를 하면 욕먹겠지만 미국에서는 수영장 파티 같은 건 그저 흔한 파티 중 하나일 뿐이다.

물론 현장에서 눈 맞는 거야 그쪽 사정이고.

'당분간은 좀 즐기면서 살아야지.'

진짜 목숨 줄이 왔다 갔다 했던 일까지 겪어서 그런지 노형진은 이번에는 조금 마음이 바뀌었다.

즐기면서 느긋하게 사는 걸로.

"파티장을 구하고 초대하는 건 어렵지 않겠는데 도리어 초대장을 구하는 게 어렵겠네요. 너무 급이 낮아도 그렇고 너무 급이 높아도 그렇고."

낮으면 온갖 마약쟁이들이 다 기어 올 테고, 높으면 또 아스가르드 버전 2가 되어 버린다.

"천천히 해 주세요. 시간이 있으니까요."

"알겠습니다, 미스터 노. 적당한 파티 플래너를 통해 알아 봐 드리지요."

사람들은 변호사에게 왜 그런 것까지 맡기냐고 할지도 모르지만 미국에서 변호사란 종합 법률 지원 서비스에 가깝다.

그리고 이러한 파티는 상당히 많은 돈이 들어가는 일이기 때문에 전문 파티 플래너들이 있고, 그들과 협의해서 적당한 비용에 계약하는 것도 변호사의 업무 중 하나다.

"그나저나 커피나 한잔할까요? 이제 시간도 좀 남는데."

"아, 그러지요."

노형진과 엠버는 바로 옆에 있는 커피숍으로 향했다.

돈이 많고 사치한다고 해서 굳이 커피까지 루왁 같은 걸 챙겨 마시는 건 아니다.

사실 노형진은 입맛 자체는 둔감한 편이라서 딱히 커피 맛의 미세한 차이는 잘 모른다.

"오늘은 제가 사지요, 엠버."

"그러면 감사하지요."

노형진은 커피를 주문하고 잠깐 기다렸다가 종이컵에 담긴 커피를 가지고 오려고 했다.

'어디 보자, 내가 엠버가 마키아토고 나는 아메리카노니까…… 얼씨구?'

이것이 법이다

커피를 주문하려고 하던 노형진은 눈을 찌푸렸다.

종이컵에 적혀 있는 간단한 표식.

그건 손님들을 구분하기 위해 해 놓는 직원들의 행동이다. 그래서 보통은 쓸 일이 없다.

'이게 아이스 아메리카노라 이거지?'

노형진은 너무 어이없어서 피식하고 비웃음이 나왔다.

'아직도 세상 무서운 줄 모르는 사람들이 넘쳐 나는구먼.'

노형진은 혀를 끌끌 찼다.

그럴 수밖에 없었다.

그의 커피, 아이스 아메리카노 컵에 쭉 찢어진 두 개의 눈과 코가 그려져 있고, 그 아래에 '칭챙총'이라고 쓰여 있었기 때문이다.

노형진은 주변을 스윽 둘러봤다.

이 안에 동양인은 그뿐이다.

그리고 그의 컵에 그려진 그림과 글자가 의미하는 건 확실했다.

'내가 만만해 보였나 보네.'

노형진은 혀를 끌끌 차면서 고개를 돌려서 접수를 받은 직원을 바라보았다.

그녀 역시 노형진을 바라보다가 얼굴에 썩은 미소를 띠면서 위아래로 노형진을 훑어봤다.

명백한 비웃음.

'인종차별이 얼마나 무서운지 모르나 보네.'

더 웃긴 건 그녀가 흑인이라는 거다.

웃긴 일이지만 백인은 흑인을 인종차별 하고 흑인은 아시아인을 인종차별 한다.

그게 이 지랄맞은 나라의 먹고 먹히는 구조다.

두 개의 찢어진 눈과 칭챙총은 그런 인종차별의 극점이라고 볼 수 있다.

상대적으로 작은 눈을 가진 아시아인에 대한 비하와 '칭챙총'이라는 중국인을 대표하는 이미지.

"하아."

노형진은 그걸 보고 한숨을 쉬었다.

"어이, 당신. 세상 무서운 줄 모르지?"

몰랐다면 모를까, 알고도 그냥 넘어갈 생각은 없다.

회귀 전에 미국에 살면서 인종차별은 숱하게 당했기에, 초반에 제대로 밟아 주지 않으면 호구 취급당한다는 걸 노형진은 누구보다 잘 알고 있었다.

"무슨 말씀이시지요?"

흑인 직원은 마치 별일 아니라는 듯 다시 한번 노형진을 위아래로 훑어봤다.

"지금 이거 나 모욕하는 거지?"

노형진은 커피 잔을 내밀며 말했다.

좋게 사과하면 끝내려고 말이다.

하지만······.

"꺼져."

"뭐라고?"

"냄새나는 옐로 멍키야, 꺼져."

"얼씨구?"

노형진은 귀를 의심했다.

대놓고 모욕이라니.

'아무리 동네가 다르다지만 저 여자 미친 듯?'

원래 드림 로펌이 있는 쪽에서는 이런 개소리는 못 한다.

그럴 수밖에 없다. 거기에는 드림 로펌뿐만 아니라 수많은 로펌들이 몰려 있어서 입 잘못 나불거렸다가는 영혼까지 털리니까.

하지만 일 때문에 온 이쪽은 상대적으로 가난한 동네라 변호사와 엮일 일이 그다지 없을 것이다.

'그건 한국도 마찬가지지.'

도리어 법에 대해 잘 아는 사람은 극도로 조심하는데 법에 대해 모르는 사람이 막사는 성향이 있다.

"후회할 텐데?"

"꺼져, 경찰 부르기 전에."

노형진에게 비릿한 비웃음을 날리는 여자.

노형진은 혀를 끌끌 찼다.

'그 말은 뻔하군.'

이쪽 지역 경찰도 알게 모르게 인종차별에 동조하고 있다는 거다.

미국 경찰이라고 다 바를 수는 없으니까.

'뭐, 그렇다면⋯⋯.'

노형진은 어깨를 으쓱했다.

기회는 이미 한번 줬다.

그리고 노형진은 권주를 줬는데 거부하고 벌주를 선택한다면 그걸 기꺼이 먹여 주는 사람이다.

"엠버, 잠깐 와 주시겠어요?"

"무슨 일이죠, 미스터 노?"

노형진의 부름에, 기다리고 있던 엠버가 고개를 갸웃하면서 다가왔다.

그렇잖아도 커피가 나왔는데도 오지 않는 노형진의 행동이 이상해서 이쪽을 바라보고 있었으니까.

노형진은 다가온 그녀에게 커피 잔을 내밀었다.

"이건?"

엠버는 그림을 보고 눈을 크게 떴다.

그녀도 미국인이기에 안다, 커피 잔에 그려진 그림과 글자가 뭘 의미하는지.

"날보고 옐로 몽키라는데요? 어떻게 생각하세요?"

"기가 차서 말도 안 나오네요."

엠버는 너무 어이없어서 화도 내지 않았다.

"어떻게 해 주기를 바라세요, 미스터 노?"

"엠버도 아시겠지만 저는 걸어온 싸움은 피하는 성격이 못 되거든요. 특히나 나는 가만있는데 저쪽에서 선빵 때린 경우는 더더욱요."

엠버는 고개를 끄덕거렸다. 그리고 주변을 스윽 확인했다.

그녀의 눈길은 구석에서 이쪽을 바라보는 남자에게로 향했다.

복장이나 위치를 통해 매니저라는 것을 쉽게 알 수 있었다.

그런데 매니저가, 점포 내에서 인종차별이 벌어지고 있는데 그걸 그저 구경하고 있다라……

'여기 답 없네, 진짜.'

뭐, 그러면 좋다.

"당신이 매니저죠?"

"그렇습니다만. 무슨 문제라도?"

흑인 남자 매니저는 웃으며 다가왔다.

아무래도 엠버가 흑인 여성이라서 그런지 무척이나 호의적이었다.

"저는 엠버 존슨이라고 합니다."

엠버의 성은 원래 브라운이었지만 결혼 이후에 남편의 성을 따라 존슨으로 바뀌었다.

그녀는 자신의 명함을 내밀면서 매니저에게 차갑게 말했다.

"저는 드림 로펌의 수석 변호사이자 경영인이고, 이쪽은 드림 로펌의 사주 되시는 분입니다."

그 말을 들은 흑인 남자의 얼굴이 원래 백인이라고 해도 믿길 만큼 하얗게 질리기 시작했다.

변호사, 그것도 수석 변호사와 로펌의 사주. 아주 제대로 된통 걸렸다는 걸 알아차린 것이다.

"지금 벌어진 인종차별은 그냥 넘어갈 수는 없겠습니다."

"아, 아니요. 잠깐만요, 미스 존슨……."

"미시즈! 입니다. 그리고 제가 당신을 부른 건 당신에게 뭔가를 책임지게 하려는 게 아닙니다."

"네?"

어리둥절한 표정이 되는 남자에게 엠버는 폭탄을 던졌다.

"직원이 대놓고 인종차별을 하고 그걸 매니저가 방치하는 걸 봐서는 이 시스템 자체가 글러 먹었네요."

남자는 휘청거렸다.

시스템 자체가 글러 먹었다.

그리고 그 경우 이어질 말은 뻔했다.

"본사를 따로 고소하도록 하겠습니다."

"미시즈 엠버! 살려 주십시오!"

"이미 기회는 드렸습니다. 그걸 걷어찬 것은 당신들입니다. 그리고 이건……."

잔을 낚아채서 뒤로 물러나는 엠버.

"증거로 저희가 가지고 가겠습니다. 경찰을 불러서 현장의

CCTV 역시 수거할 겁니다. 그걸 삭제하는 경우에 증거인멸 혐의로 연방법에 따라 처벌받을 수 있다는 걸 확실하게 기억해 두시기 바랍니다."

"아, 안 됩니다! 제발……!"

"제발……!"

"그러면 애초에 하지 말았어야지요."

"가, 같은 흑인 아닙니까!"

"해당 발언 역시 인종차별입니다. 개선의 여지가 없군요. 더군다나 당신과 내가 흑인인 것과 내가 다른 사람에게 고용된 것은 전혀 상관없는 일이지요."

"제발…… 한 번만 봐주세요!"

남자 매니저는 다급하게 매달렸지만 엠버는 가차 없이 고개를 돌렸다.

그리고 그 커피숍을 나오면서 인터넷을 검색해 커피숍의 본사에 전화했다.

―커피월드입니다.

"안녕하세요. 저는 드림 로펌의 엠버 존슨이라고 합니다."

―네? 드림 로펌요?

"귀사의 지점에서 벌어진 인종차별로 인한 소송을 개시하기 전에 연락드립니다."

―인종차별이라니 무슨 말이지요?

"자세한 건 소장으로 갈 겁니다."

―자, 잠시만요, 변호사님!

상대방은 다급하게 매달렸지만 엠버는 주저하지 않았다.

싸움이 시작되면 주저할수록 불리한 건 이쪽이다.

특히 인종차별 문제의 경우 시간이 지나면 저쪽에서 변명이 늘어나니 빨리 처리하는 게 좋다.

"어느 정도로 소송할까요, 미스터 노?"

"흠, 한 3억 달러쯤 청구하죠."

3억 달러, 그러니까 징벌적 손해배상을 때리라는 거다.

실제로 미국은 사업하기에 상당히 빡빡한 나라다.

한국의 사업가들은 미국에서 사업한다고 하면 떼돈을 벌거라고 생각하지만, 미국은 어떤 나라보다 기업의 관리 책임을 엄중하게 본다.

실제로 미국 커피숍에서 커피가 쏟아져서 고객이 화상을 입은 사건이 일어나자, 미국의 재판부와 배심원들은 기업 측에 무려 2억 8천만 달러를 배상하라고 판결했다.

그곳의 커피가 과도하게 뜨겁다는 클레임이 자주 있었으며 이미 너무 뜨거운 커피로 피해자가 많이 발생한 것으로 드러났기 때문이다.

즉, 문제가 되는 걸 뻔하게 알고 있음에도 불구하고 오랫동안 방치한 책임을 물은 것이다.

한국이었다면 배상금이 얼마나 나왔을까?

아마 500만 원도 안 나왔을 것이다.

미국은 이처럼 책임을 물을 때는 어마어마하게 묻기 때문에 사업하는 게 한국처럼 쉬운 곳이 아니다.

"인종차별도 대부분 마찬가지니까요."

이번 사건도 마찬가지다.

직원이 인종차별 하는 걸 두 눈으로 보면서도 매니저는 브레이크를 걸지 않았다.

심적으로 동조했다는 건데, 그건 기업에서 직원 관리를 제대로 하지 않았다는 걸 의미한다.

"뭐, 다 이길 수는 없겠지만요."

징벌적 손해배상이 안 될 수도 있지만 상관없다.

최소한 싸움을 걸어온 사람은 아주 가루가 될 테니까.

⚖

"흠……."

노형진은 호텔에 누워서 오늘 당했던 일을 생각하고 있었다.

"참 기분 묘하네."

인종차별을 당한 건 참 오랜만이다.

물론 미국에 처음 왔을 때는 안 당하면 이상하다고 할 정도로 차별받았다.

미국은 겉으로는 평화롭지만 현실적으로 내부를 들여다보

면 인종차별이 심하다.

심지어 메이저리그 방송 중에 선수가 인종차별을 할 정도로 말이다.

더 웃긴 건 그 인종차별을 한 선수조차도 미국인이 아니라 쿠바인이라는 거다.

"음…… 미국에서……. 지랄맞기는 하단 말이지."

노형진은 오늘 일을 계속 곱씹었다.

사실 미국은 인종차별 문제가 아주 심각하다.

다만 여느 문제와 마찬가지로 시선을 돌리고 못 본 척하며 인정하지 않기 때문에 드러나지 않을 뿐.

"오늘 일은 우연이라고 보기도 힘들고."

평소에 인종차별을 하지 않다가 노형진을 보고 갑자기 인종차별을 하고 싶어졌을 리가 없지 않은가?

그 순간 노형진은 벌떡 일어났다.

그리고 바로 엠버에게 전화했다.

"엠버, 바쁜가요?"

─미스터 노, 아닙니다. 사주의 전화보다 급한 일은 없죠, 호호호.

"부담스러운 말이네요, 하하하."

─그런데 어쩐 일이신가요?

"그 인종차별 재판은 어떻게 되어 가고 있나요?"

─뭐, 확실하게 이길 수 있습니다. 아주 고질적이더군요.

해당 CCTV와 컵이 있고, 거기에다가 주민들의 증언에 따르면 그 커피숍은 평소에도 다른 사람들, 특히 아시아인들에게 인종차별을 많이 했다고 한다.

'어쩐지 이상하게 아시아인은 나밖에 없더라니.'

그러니 주변에 악평이 자자해서, 아시아인들은 더러워서라도 가지 않았던 것이다.

"그런데 매니저는 왜 가만둔 거랍니까?"

─그 근무하던 여자가 매니저의 여동생이랍니다.

"아, 무슨 뜻인지 알겠네요."

집안이 멍청하니까 그 두 명 다 멍청하다는 의미다.

제대로 된 집안이라면 저런 멍청한 짓은 못 할 것이다.

─그래서 그들은 확실하게 날려 버릴 수 있습니다. 지금 본사 측에서는 계속 협상을 진행하고자 하는데요.

"그렇군요."

노형진은 잠깐 고민하다가 입을 열었다.

어찌 보면 쉬러 와서 또 일거리를 만드는 꼴이기는 한데…….

"엠버, 미국에서 인종차별이 심하지요?"

─심하지요.

"제가 알기로는 아시아인이 제일 심하게 당한다고 하던데."

─뭔가를 하실 생각이군요.

엠버는 노형진이 이야기를 꺼내자 바로 알아차렸다.

하긴, 노형진이 쓸데없이 전화해서 귀찮게 하는 사주는 아니니까.

"이 문제에 대해 좀 이야기해 볼 수 있을까요?"

─하루만 시간을 주시면 관련 자료를 가져가지요.

"고맙습니다, 엠버."

노형진은 씩 미소를 지었다.

"현실적으로 아시아인들에 대한 인종차별이 다른 인종에 비해 훨씬 심한 것은 사실입니다, 미스터 노."

엠버는 하루 만에 관련 자료를 가지고 왔다.

노형진은 겪어 봤기에 딱히 필요 없기는 하지만 그래도 고개를 끄덕거렸다.

"이유가 뭘까요?"

"일단 수적인 문제가 있지요."

미국은 다인종 국가다.

그런데 그 주류는 백인과 흑인 그리고 히스패닉이다.

사실 많은 사람들이 미국으로 넘어갔다지만 미국의 인구 비율로 보면 동양계는 압도적으로 그 숫자가 적다.

"그리고 아시아인 특유의 핏줄 문제가 있습니다."

"핏줄요?"

"음…… 미국은 백인이면 백인, 흑인이면 흑인 그렇게 생각하지요. 미국 국민이 된 이상 남아프리카공화국 출신이나 탄자니아 출신이라는 건 사실 의미가 없어요. 미국 국민이니까."

"아하! 무슨 뜻인지 알겠네요."

하지만 아시아인, 특히 동아시아인들은 사이가 좋지 않다.

"일본은 한국과 중국인을 무시하죠. 중국인은 한국과 일본인을 소국이라 무시하고, 한국인은 일본인을 싫어하고 중국인을 무시합니다. 하물며 그 세 나라도 그 지경인데 동남아는 더 막장이지요."

자본주의가 생기면서 인종의 서열은 소속 국가의 부에 따라 정해진다.

미국인은 우월하다고 생각하고 가난한 동남아시아인은 무시하는 감정. 이것이 한국인뿐만 아니라 중국인, 일본인에게도 있었다.

"이게 아시아 특유의 문화인 것 같더군요."

"문화라기보다는 악습이죠."

미국 내의 흑인이 아니라 미국 내의 한국인, 중국인 또는 일본인.

"그렇다 보니 인종차별 문제가 끝도 없이 벌어집니다. 아실 테지만……."

"네, 압니다."

심지어 인종차별 하지 말라고 주장하면서 동아시아인과

동남아시아인 사이에는 인종차별이 있다.

마치 흑인들이 자신들에 대한 인종차별에 저항하면서 노형진이 아시아인이라고 인종차별 했던 것처럼 말이다.

"그리고 가장 차별받는 건 아무래도 한국인입니다. 미스터 노가 한국인이니까 그쪽으로 관심이 많을 테니까요."

"알고 있습니다. 그래서 이야기를 꺼낸 거고요."

일본은 세계적인 경제적 강국이다.

중국은 어마어마한 숫자를 자랑하고 또 급속도로 성장하는 나라다.

동남아시아 쪽은 생각보다 아직 미국에 많이 오지 않았다.

그리고 결정적인 차이. 그건 바로 대사관의 능력 차이다.

사실 무슨 문제가 생기면 일본이든 중국이든 대사관에서 먼저 움직이고 난리를 치는 게 보통이다. 그건 그들뿐만 아니라 작은 나라들도 마찬가지다.

그들은 일본과 중국처럼 지랄은 못 해도, 문제가 생기면 최선을 다한다.

그에 비해 한국은?

'자국민이 감옥에 가면 변호사를 보내 주기는커녕 찾아가서 그 나라 말을 배울 수 있게 되었으니 좋은 거 아니냐고 하는 놈이 대사 하는 나라.'

국민을 돕는 것보다는 의전을 받고 파티 하면서 자기 신분을 뽐내는 데 더 매달리는 한국 대사관.

오죽하면 미국에 터 잡은 국민들이 일이 터지면 사이가 좋지 않은 일본 대사관에 도움을 요청하라고 할까?

그게 농담이 아닌 게, 대사관의 그 꼴 때문에 노형진과 새론에서는 다른 나라에 지점을 만들거나 제휴 로펌을 세워서 국민들을 보호한다.

물론 유료이기는 하지만 일단 대사관이 못 하는 걸 하는 것이다.

그런데 일본 대사관에 도움을 요청하면 자국민이 아니라서 도움을 못 준다면서 드림 로펌에 연락을 준다.

드림 로펌이 미국의 제휴 로펌이니까.

그에 반해 한국 대사관은 연락도 없다.

누군가 대사관에 가면 하는 말이 드림 로펌에 찾아가라는 한마디다.

연락도 없고 전화번호도 안 준다.

심지어 법적으로 대사관이 하도록 되어 있는 일조차도 '일단 드림 로펌에 찾아가세요.'라며 떠넘긴다.

그나마도 안 하던 업무를, 제휴가 이루어진 후에는 아예 다 포기하고 매일같이 파티만 찾아다니는 게 현대 대한민국 대사관의 현실이다.

"그 때문에 제대로 저항은 하지 못하고 있습니다."

"다른 인종과는 많이 다르군요."

"많이 다르지요. 흑인 인권 단체와 히스패닉 인권 단체는 넘쳐 납니다. 만일 인종차별이 벌어지면 그런 인권 단체에서 나서서 소송비를 지원해 주고 언론 플레이를 해 주며 같이 싸워 줍니다."

노형진은 입맛을 다셨다.

그건 그 또한 알고 있는 사실이다. 몇 년간 봤으니까.

그에 반해 아시아인은?

"아시아인 인권 단체는 없지요?"

"정확하게는 각 국가별로 존재합니다. 한국은…… 없고 요."

"하아."

이게 한국인이 미국에서 인종차별을 당하는 가장 큰 이유다. 인종차별을 당해도 보복을 못 하니까.

그나마 노형진은 돈이 있으니 망정이지, 돈이 없었다면?

속으로 부글부글 끓어도 결국 참고 넘어가야 한다.

변호사비가 없으니까.

"미스터 노가 전화한 걸 봐서는 그와 관련된 뭔가를 만들 생각이군요."

"맞습니다."

노형진은 빙긋 웃으며 말했다.

"그리고 생각해 봤는데, 딱히 아시아인을 대상으로만 할 필요는 없지 않을까요?"

"뭘 하시려는 건가요?"

"인종차별 전문 회사라고 해야 할까요, 아니면 인종차별 변호사라고 해야 할까요?"

미국의 인종차별은 극심하며, 그건 대다수의 경우 상당한 돈이 된다.

다만 대부분의 사람들은 돈이 없어서 소송을 못 할 뿐.

"전문 회사? 전문 변호사? 인권 단체가 아니고요?"

노형진은 고개를 흔들었다.

"인권 단체는 느립니다. 그리고 불확실하지요."

만일 그가 한국인 인권 단체를 만든다면 과연 한국인들의 인권이 갑자기 신장될까?

그럴 리가 없다.

"인권 단체라는 건 강제력이 없거든요. 강제력이 없는 요청은 씹으면 그만입니다."

길바닥에서 전단지를 뿌리면서 아시아인을 차별하지 말라고 해 봐야 거기에 감응할 사람이 얼마나 될까?

한 10만 명쯤 중에 한 명?

그리고 그런 사람이라면 애초에 남을 무시하는 성향의 사람은 못 된다.

"한국의 학교 폭력 대응에 대해 제가 하는 말이 있습니다. '친하게 지내라는 말이 가장 멍청한 짓이고, 제대로 밟아 두는 게 가장 확실한 해결책이다.'"

"무슨 뜻인지 알겠네요."

그녀 역시 변호사이기에 노형진이 무슨 말을 하는지 바로 알아차렸다.

"결국 인권 단체를 만들면 돈만 먹는 하마가 될 뿐 즉효성은 떨어진다는 거지요?"

"맞습니다. 물론 장기적으로 본다면 그게 맞을지도 모르지요. 하지만 인권 단체는 어디까지나 법 자체가 잘못되었을 때 힘을 발휘할 수 있는 존재입니다."

하지만 인권 단체의 존재 여부와 상관없이 인종차별은 불법이다.

"그럼에도 계속되는 건, 그걸 어겼을 때 어떠한 보복도 없기 때문이지요."

어딜 가나 인간 세상은 똑같다.

보복이 없다?

그러면 누군가는 계속 공격한다.

이득을 위해서일 수도 있고 단순 화풀이일 수도 있다.

어느 쪽이든 멈추기 위해서는 보복해야 한다.

"하긴, 인종차별을 모두 소송한다고 하면……."

엠버는 잠깐 고민하다가 고개를 끄덕거렸다.

"어마어마한 시장이 되겠네요."

심지어 자신의 식당에 유색인종이 왔다고 강제로 끌어내는 작자도 있었다.

그렇지만 그는 소송당하지 않았다.

피해자에게 그와 싸울 만한 돈이 없었기 때문이다.

"그런 단체를 하나 만들어 볼까 합니다만."

"하지만 소송비용이 문제인데요. 아시다시피 변호사들이 모든 걸 다 할 수는 없습니다. 더군다나 변호사 자격은 주마다 다르고요. 모든 주에 우리가 갈 수는 없습니다."

아무리 규모가 크다지만 드림 로펌은 뉴욕과 워싱턴 등 주요 도시를 기반으로 한다.

즉, 드림 로펌이 있는 곳보다 없는 곳이 훨씬 많다는 거다.

"그건 상관없지요. 어차피 현지 변호사를 고용하면 되는 거 아닌가요?"

"그거야 그런데, 그러면 돈을 우리가 내주는 건가요?"

노형진은 고개를 흔들었다. 그건 멍청한 짓이다.

"아까도 말했지만 제가 하려고 하는 건 인권 운동이 아닙니다. 사업이지."

"사업?"

"그렇습니다, 증거를 가지고 오면 그에 따른 변호사비를 대출해 준다는."

"아!"

인권 단체라면 변호사비를 내주는 식으로 도움을 주려고 하려고 할 것이다.

하지만 노형진은 자기 돈을 쓸 필요가 없는데 돈을 쓸 생각은 전혀 없다.

"우리는 대출해 주고 변호사를 소개해 줍니다. 그리고 소송이 끝나고 승소하면 그 승소비에서 이자와 원금을 회수하면 되는 겁니다."

"그러면 문제가 될 게 없군요!"

피해자가 어디에 있든 노형진은 그저 돈만 보내 주면 된다.

그리고 소송이 끝나면 돈이 제법 많이 들어올 것이다.

미국은 한국과 다르게 이자율에 대한 규정이 없다. 연 1천 퍼센트라는 조건도 존재하는 게 바로 미국이다.

"돈을 써서 자선하면 오래 못 버팁니다. 하지만 사업하면 오래 버틸 수 있지요."

피해자의 손해? 그런 건 없다.

피해자 입장에서는 소송해서 손해배상을 받을 정도가 되면 어차피 무조건 이익이다.

돈이 없어서 못 하던 소송이니까.

"인종차별 말고 다른 것에서도 써먹을 수 있겠군요."

"맞습니다. 대신 확실하게 이길 수 있다는 증거가 있어야 하겠지만요."

"하지만 그건 사기의 위험이 있습니다만?"

"돈을 피해자에게 직접 주지 않으면 됩니다."

서류를 조작해서 변호사비를 받아 내려고 하는 사기꾼이

있을 수도 있다.

그걸 막는 건 간단하다.

피해자가 선임한 변호사에게 직접 송금하면 된다.

변호사가 자신의 변호사 인생을 걸고 사기를 칠 가능성은 낮으니까.

변호사의 신분 확인 절차는 그다지 어렵지도 않으니, 가짜 변호사가 돈을 받아 갈 가능성도 없다.

"확실히 큰돈이 되겠네요."

엠버는 반색했다. 그녀는 지금까지 그런 생각은 해 본 적이 없었다.

물론 초기에 돈이 많이 들기는 하겠지만 절대 망할 수 없는 사업 중 하나다.

돈을 대출해 주는 것은 피해자가 가지고 오는 증거를 판단해서 할 테니까.

위험하거나 어중간하다면 돈을 주지 않으면 그만이다.

그 와중에 가해자는 죽어나겠지만, 그게 뭐 어떤가, 인종차별을 한 건 그쪽인데.

"바로 움직이지요."

"아, 그리고 그 전에, 아시죠?"

"압니다, 파티. 호호호호."

엠버는 활짝 웃었다.

"최대한 재미있는 걸로 해 드릴게요. 호호호."

소송 주식회사

"이건 진짜 생각 못 했는데?"

노형진은 몰려드는 신청서를 보고 혀를 내둘렀다.

그런데 대부분이 변호사 또는 로펌이었다.

'아, 맞다. 내가 한국에 오래 있다 보니 깜빡했네.'

노형진이 새론에서 도입한 집단소송의 종주국이 바로 미국이다.

한국과 다르게 미국은 변호사가 먼저 소송 자료를 확보한 뒤에 피해자를 설득해서 소송으로 들어간다.

물론 그 과정에서 변호사비 문제로 거절당하는 경우도 제법 되지만, 이제는 그 문제도 해결되었다.

바로 '노형진'이라는 이름 때문에.

"이거 생각보다 일이 커지는데요?"

엠버는 잔뜩 쌓여 있는 신청서를 보면서 핼쑥한 얼굴로 말했다.

"지금 들어온 신청서만 해도 천 건이 넘어요. 그것도 대부분 기업이나 오너를 대상으로 하는 거고요."

"따로 조사해야 할 필요도 없을 지경이군요."

이걸 보낸 사람들은 변호사다.

그러니 그들이 알아서 증거를 모으고 그 관련 증거를 몇 번이고 확인했을 것이다.

다른 사건과 다르게 이런 인종차별 같은 경우는 이쪽에서 도발한다고 해서 나올 반응이 아니니까 조작의 가능성도 없고 말이다.

사실 피해자들은 죄다 직원들인데 그들이 도발해 봤자 잘리기밖에 더할까?

"생각보다 전국적으로 사건이 어마어마하네요."

"그러면 바로 시작하지요. 아, 우선은…… 한국인 위주로 부탁드립니다, 흐흐흐."

노형진은 왠지 속이 시원했다.

그리고 서류를 뒤적거리다가 눈이 반짝거렸다.

"첫 번째 사건은 여기부터 하지요. 무조건 여기부터입니다."

"피직스 로펌요? 여기는 왜요?"

"아주 악질이거든요."

"그걸 어떻게 아세요?"

"소문을 들었습니다."

물론 소문이 아니다.

피직스 로펌은 노형진의 첫 직장이었다.

'아브라함 그 영감은 잘 있나 모르겠네, 흐흐흐.'

미국에 와서 첫 번째로 들어간 로펌이 바로 피직스 로펌이었고 그곳의 대표는 아브라함이라고 불리는 늙은 유태인이었다.

그런데 이 인간이 얼마나 극렬한 인종차별주의자인지, 노형진과 유색인종 변호사들을 쥐 잡듯이 했다.

사람 취급? 자기가 기르는 고양이에게도 그따위 취급은 안 한다.

너무 빡친 노형진이 도대체 이럴 거면 날 왜 뽑았냐고 따지니까 아브라함이 한 말이 가관이었다.

너 같은 유색인종은 옆에 두고 부려 먹어야 한다고, 고통이 뭔지 알아야 제대로 일한다고 말이다.

즉, 극단적 인종차별주의자였던 아브라함이 유색인종을 고용한 것은 옆에 두고 조지기 위해서라는, 무슨 코미디 프로그램에나 나올 듯한 이유 때문이었던 것이다.

결국 노형진은 입사한 지 5개월 만에 그곳을 그만뒀다.

웃긴 건 유색인종 중에서 그게 최장 기록이라는 거다.

그만큼 사람 피를 말리는 놈이었다.

  노형진이 거기에 쉽게 합격한 이유도 웃겼다.

  워낙 파다하게 소문나서 좀 아는 사람은 접근도 하지 않았다 보니 아무것도 모르는 외국인 출신 미국 변호사를 뽑았던 것.

  '오랜만에 인사나 드리러 가야겠네. 흐흐흐.'

  노형진은 눈을 반짝거리며 속으로 미소 지었다.

  ⚖

  '여기는 여전하네.'

  엠버와 함께 노형진은 아브라함 로펌의 피해자와 이야기할 수 있었다.

  그곳의 상황은 노형진의 기억과 조금도 다르지 않았다.

  피골이 상접한 모습으로 마치 좀비처럼 걸어 다니는 유색 인종 직원들과, 그에 반해 때깔 좋은 얼굴로 웃으며 다니는 백인들.

  그럴 수밖에 없다. 정상적인 사람이라면 그곳에서 버틸 수 있을 리가 없으니까.

  인종차별에 항의하면 해직당한다.

  아니라고 해도 더러워서 그만둔다.

  그러면 누군가는 다른 사람들처럼 그냥 그만두면 되지 않느냐고 할지도 모른다.

하지만 아브라함은 그만둔다고 해서 순순히 놔줄 만큼 좋은 사람이 아니다.

그는 그만둔 직원을 오랫동안 추적하면서 취업을 못 하게 방해했다. 다음에 '더 재미있는 장난감'이 생길 때까지 말이다.

'내가 그때는 참 미련했지.'

어찌 되었건 피직스 로펌은 이름이 있는 곳이었고 또 이력서에 올라가도 될 만큼 규모가 되는 로펌이다.

그런 곳이기에 노형진은 맨 처음 취업했을 때 주먹을 불끈 쥐었을 정도였다.

하지만 나중에야 그게 다 허상이고, 피직스 로펌 출신 유색인종 변호사의 경력은 인정해 주지 않는 게 보통이라는 사실을 알았다.

이력이라는 것은 그 사람의 능력과 관련된 거다.

만일 그가 진짜 능력이 있고 그쪽에서 인정받는 사람이라면 당연히 인정해 준다.

하지만 아브라함은 절대 이력이 안 될 만한 작고 쓰잘머리 없는 사건만 맡기고 그걸로 집요하게 유색인종을 괴롭혔다.

사건에 전혀 쓸데없는 서류인데도 불구하고 완벽한 사건 해결을 위해 준비하라면서 밤을 새우라고 하는 식으로 말이다.

변호사도 그 지경인데 직원은 어떻겠는가?

그나마 변호사는 더럽다고 그만두고 나오기라도 하지만, 직원들은 나와도 갈 곳이 없기에 울며 겨자 먹기로 버틸 수밖에 없었다.

　　노형진이 질려서 그만뒀을 때에도 아브라함은 무려 6개월간 다른 곳에 취업하지 못하도록 방해했다.

　　그나마 다행인 것은 노형진이 머리가 좋아서 재빨리 다른 주의 변호사 시험에 합격해서 떠나 버린 것이다.

　　아무리 아브라함이라고 해도 다른 주에까지 영향을 미치지는 못하니까.

　　더군다나 다음에 갔던 로펌은 상당히 정보력과 능력이 있는 곳이었다.

　　아브라함이 전화까지 해서 지랄했지만 이미 노형진의 능력을 두 눈으로 확인한 대표는 코웃음을 치면서 '그렇게 원한이 있으면 법원에서 한판 붙읍시다.'라는 말로 아브라함의 입을 닥치게 만들었다.

　　"저도 가고 싶어요. 더 이상은 죽을 것 같아요. 그런데 먼저 그만둔 선배는…… 결국 취업을 못 하고 자살했어요. 그놈은 악마예요."

　　피해자는 분노보다는 두려움이 더 많았다. 지금 이 순간도 그렇게 벌벌 떨고 있었다.

　　"그런데 어떻게 용기를 낸 거죠?"

　　노형진은 그 부분이 이상했다.

보통 이렇게 공포에 찌든 사람은 공격하지 못한다.

피해자, 즉 김주혁은 한국에서 미국으로 이민 온 사람으로, 자신의 회귀 전과 겹쳐 보였기 때문에 노형진이 고른 것이다.

어쩌면 그의 고난을 김주혁이 물려받은 게 아닐까 하는 생각도 들었기에.

그는 힘겹게 심호흡하면서 말했다.

"제 와이프가 얼마 전에 임신했습니다."

"아……."

임신. 부모가 된다는 것.

그건 한 사람에게 인생이 바뀌는 충격이며 때로는 그것 때문에 스스로 인생을 통째로 바꾸려고 나서기도 한다.

그게 아무리 겁나는 일이라고 해도 말이다.

"지금이 아니면…… 기회가 없을 것 같아서요."

"무슨 뜻인지 알겠네요."

단순히 심적인 문제가 아니다.

기본적으로 임신을 하면 그때부터 미국에서는 어마어마한 돈이 들어가기 시작한다.

즉, 의료보험이 필요해진다는 거다.

임신 초기에는 그나마 괜찮다.

그런데 임신 후기부터는 이야기가 달라진다.

일단 출산에 들어가는 병원비부터 시작해서 아이가 받아

야 하는 예방접종의 수가 어마어마하다.

그리고 아이가 아프면 일단 병원에, 그것도 비싼 응급실에 들어가야 한다.

그러한 돈 때문에 미국은 여전히 산파가 아이를 받아 주는 곳이 있을 정도고 생각보다 영아 사망률이 높다.

버티다 버티다 어쩔 수 없이 병원에 가니까.

"제가 알기로는 임신하면 그 아브라함 그 녀석은 아주 악마가 되지요."

"아, 알고 계십니까?"

"압니다. 뭐, 소문을 들었지요."

노형진은 그렇게 말하면서 어깨를 으쓱했다.

'소문을 듣기는 개뿔. 직접 봤는데.'

직원 중 유색인종이 임신하면 아브라함은 그를 표적 삼아서 집중적으로 괴롭힌다.

그만두지 못한다는 걸 알기 때문이다.

당장 어마어마한 의료보험비가 나가야 하니 그만둘 수도 없다. 만일 그만둔다고 하면 민간 의료보험은 즉시 중지되고 아이는 치료도 받기 힘들어진다.

그나마 김주혁 같은 경우는 나은 거다.

그는 남자니까.

여자라면 그 학대의 스트레스로 인해 유산하는 경우가 있을 정도다.

이것이 법이다

더군다나 김주혁은 미국으로 이민 온 지 얼마 되지 않았
다.

그 말은, 그가 직장을 옮기고 싶다고 해도 제대로 된 이력
도 없기 때문에 이직은 힘들다는 거다.

설사 그 미친놈이 막지 않는다고 해도 말이다.

"출산이 가까워지면 다른 곳에서 근무도 못 할 테고요."

즉, 김주혁은 차라리 이참에 그만두고 다른 곳으로 옮겨
가기를 원하는 것이다.

의료보험이 안정적으로 지원되는 곳으로.

"하지만 제가 그만두는 순간 사방에 전화하면서 압박을 가
하겠지요."

노형진은 고개를 끄덕거렸다.

장담하건대 족히 2년간은 재취업하기 힘들 것이다.

'그 시간이면 애를 죽이고도 남지.'

그리고 아이가 잘못되었다는 이야기를 들었을 때 아브라
함이 한 말은 가관이었다.

'오늘도 세상이 조금 더 깨끗해졌다.'라고 했다나?

하여간 뼛속까지 인종차별로 가득 찬 인간이었다.

"그러니 부탁드립니다."

"걱정하지 마세요. 아마 이 정도 사건이라면 연방까지 끌
고 올라갈 수 있을 겁니다."

엠버는 자신 있게 말했다.

아브라함의 기록은 그것만으로도 분량이 어마어마해서, 연방 법원에 가져가면 징벌적 손해배상으로 확실하게 무너트릴 수 있다.

"뭐, 재판을 보면 그렇지요."

노형진은 고개를 끄덕거렸다.

하지만 그가 아는 아브라함이라면 그렇게 호락호락하게 당하지는 않을 것이다.

"그게 무슨 말씀이시죠?"

"범죄자가 대놓고 당당할 때는 뭔가 믿을 게 있다는 거죠."

"아……."

분명 아브라함은 이 지역에서 강력한 힘을 휘두르는 지역 유지다.

실제로 이 지역에서는 그 지랄을 해도 누구도 브레이크를 걸지 못했다.

"물론 연방은 그와 맞설 수 있습니다. 그런데 과연 지금까지 연방에서 단 한 번도 걸고넘어진 적이 없을까요?"

"다른 누군가는 소송했겠군요."

"맞습니다. 그런데도 그는 여전히 멀쩡하죠. 그게 무슨 의미겠습니까?"

"흠……."

엠버는 잠깐 생각에 빠졌다.

사실 이 정도 인종차별을 계획적으로 하고 소문날 정도로 했다면 연방 재판에서 징벌적 손해배상을 처맞아도 몇 번이나 처맞았어야 한다.

물론 김주혁처럼 겁먹고 그만두지 못하는 사람도 있을 수 있겠지만 그렇지 않은 사람도 있을 테고, 결정적으로 아브라함이 소유한 피직스는 로펌이다.

즉, 피해자 중에는 변호사도 있다는 거다.

"다른 힘으로 막고 있다?"

"최소한 징벌적 손해배상은 막고 있다는 거죠."

그리고 징벌적 손해배상이 아니라면 아브라함에게는 아무런 타격이 없다시피 하다.

'내가 그렇게 당했거든.'

노형진도 바보가 아니다.

그 당시에 징벌적 손해배상을 요청했다.

하지만 재판부는 징벌적 배상을 인정하지 않고 일반 손해배상만을 인정했다.

그래서 받은 돈이 1만 달러.

아브라함에게는 며칠 치 월급도 안 되는 돈이었다.

'그때는 억울하다고만 생각했지.'

하지만 징벌적 손해배상의 의미를 생각해 보면 그건 말도 안 되는 판결이다.

징벌적 손해배상의 존재 의의가 뭔가?

상대방의 행위가 위험을 일으킬 가능성을 인식하고도 고치지 않거나 고의성이 있는 경우에, 그리고 일반적인 방식으로는 억압이 되지 않는 재산의 소유자일 경우에 그를 제압하기 위해 만들어진 제도이다.

간단하게 똑같은 차량에 똑같은 결함이 일어나도 미국은 리콜을 해 주고 한국은 리콜을 하지 않는다.

이유는 간단하다.

미국은 그걸 알면서도 가만두면 징벌적 배상에 처맞아서 기업이 휘청거린다.

안 준다?

개소리다. 그랬다가는 미국에 있는 자기 공장이 강제로 털리는 꼴을 보게 될 것이다.

하지만 한국은?

징벌적 배상이 없다.

그 결함이 생명을 위협하는 결함이라 할지라도, 사고가 나면 그걸로 인한 사고라는 걸 피해자가 증명해야 하며 설사 증명한다 해도 배상금은 터무니없이 낮다.

기업의 입장에서는 그걸 리콜해 주느니 재수 없게 죽은 사람들에게 돈 몇 푼 던져 주는 게 훨씬 남는 장사다.

사실 기업들에 있어 징벌적 배상은 부도덕을 막는 가장 확실한 브레이크이지만, 그 사실을 알기에 한국 기업들은 몇천억을 뇌물로 뿌리는 한이 있어도 한국에서 징벌적 배상 제도가 생기는 것을 막으려고 한다.

"확실히 그렇군요. 이 상황에서 정상적인 변호사라면 징벌적 배상을 요구해야 했어요. 그런데 김주혁 씨의 말을 들어 보면 그런 행동이 오래되었는데 징벌적 배상이 이루어진 적이 없다는 건…… 재판부가 그쪽으로 쏠려 있다는 거군요. 이해가 되지 않는데요?"

지역 재판부도 아닌 연방이 그런다는 게 이해가 되지 않는 엠버.

노형진은 그녀에게 자신이 아는 걸 알려 주었다.

그도 회귀 전에 소송하면서 알게 된 사실이지만.

"아브라함은 제가 알기로는 큐클럭스클랜에 속해 있습니다."

"네? KKK단 그 미친놈들요?"

엠버는 그 정보가 어디서 나왔는지는 묻지 않았다. 미다스의 정보력이 뛰어나다는 건 이미 잘 아니까.

하지만 큐클럭스클랜, 일명 KKK단 소속이라는 말에 그녀는 어이없어서 다시 물을 수밖에 없었다.

"농담하시는 거죠? 그 지질이들하고 엮여 있다고요?"

KKK단은 백인 우월주의 단체다.

미국 내부에서도 세상 물정을 모르는 지질이 취급받는 놈들이다.

좀 좋게 말해도 크지 못한 중2병자 새끼들? 그런 취급이다.

"비슷하지만 다르지요."

"비슷하지만 다르다고요?"

"네."

노형진은 입맛을 쩝쩝 다셨다.

사람들이 아는 KKK단과 지금 그가 이야기하는 KKK단은 좀 다르니까.

물론 비슷한 형태로 보이기는 하지만, 그 내부는 완전히 다르다.

"엠버 씨가 아는 KKK단은 말 그대로 하위직이고 백인 우월주의 사회단체입니다. 지질이라…… 맞아요. 지질하죠."

"그런데요?"

"하지만 그 이면에는 다른 KKK단이 있습니다. 이쪽은 단체라기보다는 비밀결사에 가깝지요."

"비밀결사요?"

"네."

미국에는 여러 가지 정보가 넘친다. 그중 빠지지 않는 게 바로 비밀결사다.

"사실 KKK단은 과거와 좀 달라요."

"네? 그게 무슨 말씀이신지?"

"우리가 아는 KKK단은 과거 이미지의 잔재에 가깝습니다."

현대의 KKK단은, 웃긴 일이지만 성향이 많이 바뀌었다.

인종차별이 있는 건 사실이지만 과거처럼 흑인을 향한 게 아니다.

심지어 지역별로 차이가 있지만 일부 지역에서는 흑인과 히스패닉 계열도 받아 준다.

"에? 그게 사실이에요?"

"네, 지금의 KKK단은 일종의 극우 단체에 가깝습니다."

"허."

엠버는 노형진이 이야기하는 게 무슨 소리인지 알아차렸다.

일반적인 인종차별 단체라면 그냥 지질이지만, 극우 단체라면 정치 단체에 속한다는 거고 그 안에서 일종의 비밀결사로 움직인다면 드러나지 않을 뿐 실제로는 어마어마한 힘을 가지고 있을 가능성이 높아진다는 걸 의미한다.

"하지만 그가 속한 곳이 그런 곳이 아닐 수도 있잖아요?"

"글쎄요."

노형진은 피식 웃었다.

확실히 그랬으면 사건이 편해지기는 했을 것이다.

하지만 노형진이 이렇게 확신하는 데에는 이유가 있었다.

"사람들이 잘 모르는 게 하나 있더군요."

"잘 모르는 것?"

"KKK단의 모토에는 인종차별만 있는 게 아닙니다. 그중에는 유태인 차별도 있지요."

"유태인 차별? 잠깐, 아브라함은 유태인이잖아요?"

애초에 아브라함이라는 이름 자체가 유태식 이름이고, 그 스스로도 유태인이라고 자랑스럽게 밝히고 다닌다.

정확하게는 유태계 백인이다.

"아……."

즉, 유태인이 KKK단에 들어갔다는 것 자체가 그가 속한 단체가 단순 혐오 집단이 아니라 권력 단체화되었다는 의미다.

"그러니까 징벌적 손해배상이 먹히지 않겠군요."

사실 법적으로 인종차별이 금지되었다지만 현실적으로 권력가들 사이에서 인종차별은 여전히 존재한다.

특히 명문이라고 하는 집안에서는 더더욱 그런 성향이 보이는데, 어쩔 수 없는 게 미국에서 명문이라 불릴 만한 곳은 결국 백인들이기 때문이다.

"하지만 그런 자들은 자기를 잘 감추죠."

도리어 아무것도 없는 놈들이 두건을 쓰고 깃발을 흔들며 행진하지, 그렇게 위에 있는 놈들은 자신을 드러내면서 스스로에게 피해를 입히려고 하지 않는다.

"그런데 왜 아브라함은 그렇게 스스로 드러내면서 공격하는 거죠?"

듣고 있던 엠버는 고개를 갸웃했다.

"아브라함은 명문가 출신이 아닙니다. 사실 그들에게 키워진 개에 가깝죠."

노형진이 아는 아브라함은 유태인 출신으로 뛰어난 능력을 가진 사람이었다.

하지만 그는 언제나 자신의 능력에 비해 기회가 오지 않는 것을 싫어했고, 그 이유 중 하나가 유색인종 때문이라고 생각했다.

"그러다가 기회가 왔습니다."

모 명문가의 인종차별 재판을 담당하게 되면서 훌륭한 실력으로 무죄를 이끌어 냈고, 그 후에 그쪽 명문과 엮이면서 그 재판을 전담하며 성장했다.

"한국에도 그런 놈이 있습니다."

친일파들이 고의적으로 말도 안 되는 어그로를 끌어서 이슈를 끌어내고 숨어 있는 친일파들의 지지를 받아서 돈을 버는 전략.

"미국에서는 그게 인종차별일 뿐이죠."

대놓고 인종차별은 못 하지만 인종차별을 하는 사람들을 은근하게 지원하는 것.

"그런 게 없다고는 말 못 하겠네요."

엠버는 씁쓸하게 웃었다.

실제로 대놓고 인종차별을 하는 놈들은 널리고 널렸다.

심지어 유색인종을 받지 않는 식당에 백인 부자들이 몰려들어서 예약을 몇 달씩 기다리는 일도 있다.

"일종의 대리만족 전략이죠."

사실 작은 사건을 아무리 많이 해 봐야 큰 사건 하나 하는 것에 비하면 돈이 적게 되는 건 사실이니까.

"그러면 우리가 고소를 해도 진단 말입니까?"

김주혁은 질려 버린 얼굴로 말했다.

그러면 어쩌란 말인가. 도망갈 수도 없지 않은가?

"지지는 않을 겁니다."

노형진은 고개를 흔들며 말했다.

"하지만 이기는 것과 충분한 배상을 받는다는 건 전혀 다른 문제이지요."

이기기야 하겠지만 노형진처럼 1만 달러를 배상받으면 김주혁은 죽어날 수밖에 없다.

"그러면……."

김주혁은 고개를 푹 숙였다.

결국 이대로 참아야 하나 하는 생각이 들었기 때문이다.

"아, 물론 방법이 없는 건 아닙니다."

노형진은 그런 김주혁을 다독거렸다.

방법? 물론 방법은 많다.

사실 무궁무진하다.

그는 회귀 전의 아무것도 모르는 이민자도 아닐뿐더러, 돈이고 뭐고 이제 빠지는 게 없으니까.

"걱정하지 마세요. 제가 이사 비용은 두둑하게 받아 낼 테니까요, 후후후."

"일단 아내분은 한국으로 옮기는 게 좋다고 생각합니다. 임신 초기인 만큼 당장 이동하는 건 위험하지만 어느 정도 안정되면 한국으로 보내죠."

노형진의 말에 엠버는 고개를 끄덕거렸다.

아무리 비행기표가 비싸다고 해도 병원비를 생각하면 한국에서 치료받는 게 훨씬 이득이다.

"그게 좋겠네요. 아직 아내분의 국적이 상실된 건 아닐 테니까."

"맞습니다. 그리고 아브라함 문제에 대해서는, 그를 초대하면서 시작하지요."

"초대요?"

"네. 제가 부탁한 파티 있지요?"

"아, 그거? 아직 준비되어 있지 않은데요."

"하나 더 준비해 주세요."

"무슨 말씀이시죠?"

"초대하는 사람들을 조작합시다. 무조건 백인으로 채우는 겁니다."

아브라함의 유색인종에 대한 편견과 증오 그리고 차별은 무척이나 뿌리 깊다. 다만 주변에서 쉬쉬해서 모를 뿐이다.

"아마 재미있는 파티가 될 겁니다, 후후후."

노형진은 눈을 반짝거리면서 웃었다.

⚖

아브라함은 즐거운 마음으로 파티에 참석했다.

사회 유수의 사람들이 참석하는 파티는 단순히 파티라고 볼 수 없다. 그 자체가 중요한 거래의 장이며 또한 미래를 위한 시간이다.

"반갑습니다, 미스터 아브라함."

"오랜만입니다, 젠슨."

아니나 다를까, 오늘 참석한 사람들은 대부분 아브라함과 함께하는 사람들이었다.

"무척 화려한 파티가 될 것 같군요."

커다란 저택. 어마어마한 돈을 들인 듯한 수영장과 안뜰. 누가 봐도 최고급으로 꾸며진 저택의 화려한 조명

그리고 그곳에서 보이는 사람들.

"그나저나 오늘 파티는 미다스가 하는 게 맞습니까?"

"맞습니다만, 기대는 하지 않으시는 게 좋을 겁니다. 미다스는 오지 않을 테니까요."

"아쉽네요."

사실 미다스라는 이름으로 열리는 파티는 자주 있는 편이다.

손채림이 그걸 전담하는 데다가, 아스가르드가 있기는 하지만 그곳에서만 파티를 즐기는 건 아니니까.

그러나 미다스의 파티라고 해도 미다스는 단 한 번도 참석한 적이 없다.

"그나저나 오늘은 유독 아는 분들이 많은 것 같네요."

"오늘 파티는 미스 손이 하는 게 아니라 드림 로펌의 엠버 존슨이 해서 그럴 겁니다."

"아, 그년요?"

아브라함의 얼굴이 살짝 찡그려졌다.

그걸 보면서 남자가 살짝 웃었다.

"웃기지요, 유색인종이 좀 성공했다고 주류의 파티를 한다는 게?"

"그 뒤에 있는 게 미다스니까요."

"하긴, 그건 그러네요. 그렇지 않다면 옐로 몽키 따위가 이런 파티를 할 수 있을 리 없지요."

엠버와 손채림은 나름 성공한 사람들이다. 하지만 유색인종이기에 주류에 편입하지 못하고 있었다.

정확하게는 주류에서 그들을 존중해 주는 척하면서도 은근히 왕따시키는 것이다.

"그러면 그 미다스도 유색인종일까요?"

"그럴 리가요! 말도 안 됩니다. 유색인종 따위가 미국 정치에 그렇게 깊게 관여할 수는 없지요."

"그렇겠지요."

고개를 끄덕거리는 두 사람.

"저쪽에 아는 사람이 있군요."

그들은 그렇게 몰려다니면서 파티를 즐기기 시작했다.

그리고 그 안에서 서빙을 하는 사람들.

하지만 얼마 지나지 않아서 그들을 보는 손님들의 얼굴이 상당히 불편하게 변했다.

"뭐야?"

"우리를 무시하는 건가?"

서빙을 위한 직원이라면 그냥 아무나 쓰면 된다.

하지만 이 세계, 특히 백인 우월주의자들에게 유색인종이 시중을 드는 것은 절대 용납할 수 없는 행동이었다.

그래서 그들이 하는 모든 파티에는 무조건 백인을 쓰는 것이 암묵적인 룰이었다.

"크흠…… 좀 불편하군."

파티에 참석한 사람들은 자신들도 모르게 불편함을 드러냈다.

더군다나 오늘 참석한 사람들이 죄다 백인이라는 점이 더더욱 불편함을 드러나게 했다.

그 와중에 도착한 소식은 그들의 기분을 더 나쁘게 했다.

"파티 주최자인 엠버 존슨이 중요한 미팅으로 인해 상당히 늦는다고 합니다."

"뭐라고? 사람을 뭐 이따위로 대우하는 거야?"

"죄송합니다."

심지어 그 대리인이라고 나온 사람까지 유색인종, 그것도 가장 깔보이는 동남아 쪽 사람이다.

"비록 엠버 양이 참석을 못 한다고 해도 오늘 파티를 즐겁게 즐겨 주십시오."

굽실거리면서 말하는 대리인.

그러나 술을 많이 마셔 알딸딸해지기 시작한 사람들은 살짝 발끈했다.

"네가 뭔데?"

"네?"

"어디 노란 원숭이 따위가 더럽게 말을 붙여?"

"네?"

당황하는 대리인.

그러나 이미 술에 취한 사람들은 저도 모르게 본심을 드러내기 시작했다.

애초에 오늘 파티 자체가 주로 인종차별주의자 위주로 구성되어 있다. 그럴 수밖에 없다. 노형진이 그런 사람들만 뽑으라고 지시했으니까.

"너 말이야! 어디 유색인종 따위가 더럽게 손을 올려!"

남자들은 발끈했다.

그리고 노형진은 좀 떨어진 곳에서 그 모습을 보고 있었다.

"재미있네요."

"좀 의외네요. 저 인간들이 저렇게 쉽게 본모습을 드러내지는 않을 텐데요."

"보통이라면 그렇지요. 하지만 지금은 보통 상황이 아니지 않습니까?"

오늘 파티를 위해 노형진은 일부러 인종차별주의자 위주로 초대했다.

그 말은, 비슷한 자들끼리 뭉쳐 있다 보면 입이 가벼워진다는 뜻이다.

실제로 집단은 개인이 숨긴 부분을 드러나게 한다.

"더군다나 술에도 신경을 좀 썼지요."

그들에게 제공된 술은 달달하면서도 상당히 알코올이 강한 주류였다.

이런 곳에서는 보통 맥주가 아닌 칵테일류를 많이 마신다. 물론 너무 취하는 걸 방지하기 위해 도수가 낮은 술 위주로 비치한다.

"하긴, 저기에 있는 술들의 절반은 별명이 레이디 킬러죠."

엠버는 피식 웃었다.

레이디 킬러. 여자들이 먹으면 기절할 정도로 강한 술들.

그럼에도 불구하고 저 칵테일은 가면을 아주 잘 쓴다.

레이디 킬러라는 타이틀이 붙은 술들의 공통점이 그거다.

도수는 엄청나게 강한 데 반해 강렬한 맛으로 알코올을 잘 느끼지 못하게 하는 것이다.

그래서 맛있다고 한 잔 더, 한 잔 더 하면 그대로 필름이 끊긴다.

"그리고 술은 내면의 모습을 보여 줍니다."

그래서 옛날부터 장인이 될 사람은 사윗감이 오면 술을 마시게 했다고 하지 않았던가?

지금 상황이 딱 그랬다.

노형진은 그들에게 술을 마시게 했다.

거기에다 주변에 넘치는 유색인종 웨이터들.

그나마 급이 되는 사람이 온다면 스스로 조절하겠지만, 엠버는 급한 이유를 핑계로 참석하지 않았다.

그리고 노형진의 경험상 인종차별을 하는 사람들은 아주 심각한 정신병이 있다.

바로 근거 없는 우월감.

"익숙한 멤버들에, 브레이크가 없는 상황. 거기에다가 강한 술. 답은 나오죠."

노형진이 이죽거리는 그 순간 드디어 사달이 터지기 시작했다.

"이런 깜둥이 새끼가!"

술에 거하게 취한 아브라함이 눈이 돌아가서 서빙하던 여자를 발로 차 버렸다.

물론 평소라면 말도 안 되는 행위였다.

하지만 누구도 그에게 브레이크를 걸지 않았다.

애초에 그러지 말라고 말해 놨고.

"낄낄낄."

"저거 구르는 거 보소."

키득거리면서 비웃는 사람들.

그들은 마치 재미있다는 듯 키득거렸다.

"이걸 술이라고 가져와?"

"차라리 널 침실에서 따먹는 게 훨씬 맛있겠다."

파티는 막장으로 갔다.

그걸 보면서 엠버는 고개를 갸웃했다.

"아무리 술이 강하다지만 이건 좀 이상한데요?"

술이 본성을 불러오기는 한다.

하지만 그렇다고 해서 저들이 저렇게 쉽게 본성을 보여 주는 건 말도 안 된다.

그들은 수년간 자신들을 감춰 왔다.

그럴 수밖에 없다.

인종차별 문제가 터지면 심각한 문제가 될 수 있는 게 상류사회다.

이것이 밤이다

알음알음 하는 것과 대놓고 하는 건 전혀 다르다.

오죽하면 아브라함이 대놓고 하면서 일종의 대리만족을 시켜 주었겠는가?

"술에 약이라도 넣으신 거예요? 그건 위험한데요."

아무리 그래도 마약을 저들에게 먹일 수는 없다.

물론 마약 하는 놈이 있을 수도 있다. 하지만 하지 않는 사람들도 있을 수 있다.

달리 명문가가 아니다.

그런데 여기서 모조리 마약에 취한다면?

곤란해지는 건 엠버다.

"걱정하지 마세요. 제가 그렇게 멍청한 짓을 할 것 같습니까?"

엠버의 걱정에 노형진은 대수롭지 않게 어깨를 으쓱했다.

"저기에 뿌린 건 마약이 아니라 아산화질소입니다."

"아산화질소요? 그게 뭔데 저 인간들이 저래요?"

"하긴, 요즘 사람들은 잘 모르겠군요. '웃음 가스'라고 하면 알지도 모르겠군요."

"웃음 가스? 그게 뭐죠?"

"일종의 유사 환각제입니다."

"환각제? 그건 마약이잖아요?"

"맞습니다. 하지만 제가 유사라고 부르는 데에는 이유가 있습니다."

일단 아산화질소는 중독성이 없다.

그리고 빠른 신진대사를 통해 쉽게 사라진다.

"쉽게 말해서 아산화질소는 사람이 취한 듯한 환경을 만들어 주죠."

"아……."

엠버는 알 것 같다는 표정으로, 파티장을 비추고 있는 카메라로 시선을 돌렸다.

그들은 이미 가스로 취해 버린 상황.

그 상황에서 강한 술이 들어간다?

그러면 무조건 고주망태가 되는 거다.

사람이 고주망태가 되면 통제가 되지 않는다.

─으하하!

─빠트려!

─망할 깜둥이! 이히힛!

술에 취해서 자기들이 뭘 하는지도 모르는 사람들.

그들은 자기들의 본성대로 유색인종들을 괴롭히기 시작했다.

그걸 보면서 노형진은 빙긋 웃었다.

"과연 저 모습을 보고 부모님이 뭐라고 할지 궁금하군요, 후후후."

노형진은 그 장면을 그대로 공개했다.

그리고 그게 공개되자마자 미국에서는 거의 폭동에 준할 정도의 사태가 발생했다.

단순히 커피숍이나 식당에서 인종차별이 벌어져도 사회적으로 문제가 되는 게 미국이다.

그런데 사회적으로 어마어마한 지위를 가진 상류층이라는 놈들이 유색인종 직원들을 때리고 희롱하는 장면이 그대로 뉴스에 나가자 당연히 발끈해서 사람들이 들고일어났다.

수만 명이 시위를 시작했고 정치인들은 하나같이 이 사태를 규탄했다.

"그리고 지금이 공격할 시기입니다."

노형진은 히죽거리면서 말했다.

"아브라함이 아무리 잘났다고 해도, 자기들끼리 잘 뭉쳤다고 해도, 지금은 도리어 그게 약점이 되었지요."

"그러네요. 확실히 이번 사건으로 그들이 타격이 심하겠어요."

그들은 자신들을 잘 감춰 왔다.

그리고 미국 법원은 상당히 노블레스 오블리주를 추구한다.

최소한 외부적으로는 그렇다.

징벌적 배상 제도가 생긴 이유가 바로 그것이고 말이다.

"지금 아브라함에 대한 소송을 진행하세요."

"이게 걸리면 아브라함은 확실하게 파멸할 텐데요?"

엠버는 그동안 노형진의 말에 따라 아브라함에게 당한 피해자들을 꾸준하게 모아 놨다.

하지만 소송을 진행하지는 않았다.

해 봐야 진다고 들었으니까.

"압니다. 애초에 그게 목적이었고요."

하지만 상황이 바뀌었다.

아브라함이 아무리 잘났다지만 이 상황에서는 벗어날 수가 없다.

"이번에는 그들이 아브라함을 도와주지 않을까요?"

엠버의 걱정스러운 말에 노형진은 고개를 흔들었다.

"그럴 가능성은 낮습니다. 아니, 제로에 가깝지요."

영상에는 아브라함이 주로 찍혀 있다.

하지만 또 아브라함만 찍혀 있는 것은 아니다.

"현재 아브라함은 집중적으로 찍혀서 견제받고 있습니다."

그런 상황에서 누군가 그를 도와준다?

그러면 그 누군가는 스스로 인종차별주의자라는 걸 인정하는 꼴이 된다.

"그러니 이번에 아브라함에게 징벌적 손해배상을 청구하

면 아마 괴멸적 타격을 입게 될 겁니다."

아브라함이 자신의 로펌과 전 재산을 팔아도 그걸 갚을 수 있는 능력이 안될 게 뻔하다.

"이 시기에는 희생양이라는 게 필요하거든요."

유색인종이 극도로 분노했다.

미국이라는 나라는 기본적으로 이민 국가이고 다인종 국가이다.

다인종 국가라는 것은 내부적으로 언제나 폭탄을 안고 있는 셈이다.

미국이 돈이 너무 썩어 나서 영웅을 대우하고 애국을 교육하는 게 아니다.

다인종 국가다 보니 인종별로 파벌이 나뉘어서 싸우게 되면 극단적 피해가 발생하기 때문이다.

당장 그 대표적인 예가 바로 LA 폭동이다.

흑인들의 폭동으로 인해 그 당시 LA에는 어마어마한 금전적 피해가 발생했다.

금전적 피해만 문제가 아니다.

미국은 총기 자유국이고, 설사 총기 면허가 없다고 해도 돈만 있으면 불법 총기를 얼마든지 구할 수 있다.

만일 당시의 폭동이 폭동으로 그치지 않고 독립운동으로 발전했다면 미국은 내부에서부터 무너졌을 가능성도 존재했다.

"그래서 미국은 인종차별을 절대로 인정하지 않죠."

내부적으로 조금씩 이루어지는 거라면 모를까, 그게 수면 위로 떠오르는 순간 결코 가만두지 않는다.

"그리고 이번에는 그 대상이 바로 아브라함이군요. 하긴, 아브라함이라고 하면 적당한 희생양이기는 하지요."

엠버는 고개를 끄덕거렸다.

"그동안 아브라함에게 당한 피해자들과 그 파티에서의 피해자들을 묶어서 소송하세요. 아마 그러면 확실하게 이길 수 있을 겁니다. 그리고……"

노형진은 빙긋 웃었다.

"그 당시 참석했던 사람들에게 접근하세요."

"이미 그쪽에서 접근해 오고 있습니다. 그런데 딱히 할 말은 없을 것 같은데요."

"딱히 할 말이 없는 건 그쪽이죠. 이쪽은 할 말이 많습니다."

"네? 그게 무슨 말씀이신지……?"

"제가 전에 말씀드린 후원 단체 아시죠? 이번에도 그 건과 마찬가지입니다만."

"아하!"

순간 엠버는 탄성을 내질렀다.

노형진이 만든 인종차별주의자들에 대한 소송 지원 제도.

"거기도 돈이 필요하지요."

"이번에 참가한 사람들은 면죄부가 필요하겠군요!"

"역시 엠버는 눈치가 빨라요."

이번 사태로 인해 그 당시에 파티에 참석했던 사람들이 인종차별주의자라는 의심이 떠올랐다.

당장 그 현장에서 촬영된 게 없다고 해도, 아브라함이 술에 취해서 유색인종을 학대하는 장면을 보면서도 말리거나 경찰을 부르지 않았으니까.

"가진 사람들에게 가장 중요한 건 명예죠."

물론 드러나지 않았다면 모를까, 눈앞에서 사건이 발생했는데 그걸 바라보고만 있었다는 문제가 있다.

만일 누군가 의심하기 시작하면 그들은 여러모로 곤란한 처지가 될 수밖에 없다.

"하지만 우리가 면죄부를 팔면 상황이 좀 달라지지요."

노형진은 빙긋 웃었다.

면죄부, 즉 인종차별 대응 법률 지원 사회운동에 대한 자금 지원.

그게 그들에게는 훌륭한 면죄부가 될 것이다.

'봐라, 우리는 최선을 다했다. 우리가 그 인종차별에 함께한 게 아니다. 우리는 몰랐을 뿐이다.'라는 가장 확실한 면죄부.

"그리고 그 면죄부를 사 둔 그들이 아브라함을 도와줄까요?"

"그럴 리가 없지요."

양쪽에 다 발을 담근다는 것은 양쪽 다 정의가 아니라고 판단할 때에나 가능하다.

하지만 지금 상황에서 아브라함은 누가 봐도 악이고, 그런 그를 지원하는 건 그들에게 있어서 심각한 문제가 될 수밖에 없다.

"그 누가 면죄부를 산 후에 다시 찢어 버리겠습니까?"

그런 사람은 없다.

면죄부를 사는 순간 그들은 필연적으로 아브라함과의 선을 끊을 수밖에 없다.

그와 연관된다는 것 자체가 자기 면죄부를 날려 버리는 행동이니까.

"결국 아브라함은 몰락할 수밖에 없겠네요."

노형진은 고개를 끄덕거렸다.

"아마 다시는 재기하지 못할 겁니다."

⚖

몇 달 후 결국 아브라함은 어마어마한 손해배상액을 물어 주라는 판결을 받고 파산하고 말았다.

그가 파산했음에도 불구하고 그 배상금을 물어 주지 못할 정도의 벌금이었다.

이것이 법이다

그는 자신을 도와줄 사람들을 찾아서 돌아다녔지만 이미 국가 단위로 찍혀 버린 아브라함을 도와줄 사람은 없었다.

—하지만 의외군요. 아브라함은 유태인이잖아요? 유태인은 서로 끈끈하게 연결되어 있는 걸로 알고 있었는데요.

보고하면서 엠버는 고개를 갸웃했다.

유태인의 관계는 세계적으로 유명하다.

어느 정도로 끈끈하냐면, 회사의 유태인이 제대로 일을 못해도 자르는 걸 고민할 정도다.

아차 싶으면 유태인들이 공격해 들어오기 때문이다.

"보통은 그렇지요. 하지만 유태인이 지금의 자리를 차지한 건 그들이 단순히 끈끈해서만은 아닙니다. 그들은 똑똑합니다."

그냥 멍청하게 서로 손잡고 버티면 한 놈이 무너지기 시작했을 때 걷잡을 수 없이 무너진다.

하지만 유태인은 아니다.

그들은 평소에는 손을 꽉 잡고 있지만 아무리 유태인이라 해도 멍청한 짓을 하는 놈까지 봐주지는 않는다.

—하긴, 아브라함이 멍청한 짓을 많이 하기는 했지요.

그런 상황에서는 어떤 유태인도 그를 도와주지 않는다.

"더군다나 유태인은 다인종입니다."

유태인은 애초에 백인만 있지 않다.

유태인이라는 건 혈통의 문제도 있지만 종교의 문제도 있다.

즉, 유태교를 믿는 사람은 유태인이고, 흑인 유태인이 있을 정도로 그들도 다인종의 형태를 가지고 있다.

실제로 흑인 유태인에 대한 구출 작전이 벌어진 적도 있고.

"결국 멍청한 짓을 한 건 아브라함이지요."

ㅡ그런 것 같네요. 하여간 덕분에 재단에 자산이 넘치고 있어요.

"한국인에 대해서는 어떤가요?"

ㅡ개판입니다. 대한민국 대사관에서 아예 이쪽에다가 모든 업무를 위임할 수 없느냐고 물어 왔어요.

"지랄하지 말라고 하세요."

노형진은 그렇게 말하고는 잠깐 고민했다.

그리고 조심스럽게 입을 열었다.

"지금부터 한국 대사관은 적입니다."

ㅡ네? 갑자기 그게 무슨 말씀이세요?

"소송이라는 게 그런 거죠. 애초에 해야 하는 일을 하지 않으니까 우리가 이러는 거 아닙니까?"

ㅡ하긴, 그렇지요.

"지금부터 미국에서 드림 로펌을 통해 들어오는 한국인 사건 중, 한국 대사관이 당연히 도움을 줘야 하는 사건인데도 거절했을 경우 무조건 소송을 진행하세요."

ㅡ화가 나셨군요.

"화가 안 나게 생겼습니까?"

원래 이 모든 것은 노형진이 아닌 한국 정부와 대사관이 해야만 했던 일이다.

'보자 보자 하니까 이 새끼들이 증말.'

그동안 대사관에서 아무리 일을 떠넘겨도 그냥 참았다. 그리고 귀찮아해도 참았다.

그런데 이제는 아예 사회단체에 대사관의 주요 업무 대행이 가능하냐고 물어본다?

이건 도를 넘어도 너무 넘었다.

─지금부터 드림 로펌의 방식은 간단합니다. 제대로 일하지 않는 대사관 직원에게 패가망신이 뭔지 느끼게 해 주세요.

미국 대사관으로 발령받으면 승진 코스에 로열 코스를 밟는다고 한다.

그래서 국민들 따위는 중요하지 않다.

어떻게든 미국에 뇌물을 주고 선을 만드는 게 우선되니까.

'이제는 아닐 거다, 이 새끼들아.'

미국, 아니 전 세계 어디서든 제대로 일하지 않으면 그대로 패가망신시키는 게 노형진의 계획이다.

─음…… 미국 대사관 직원들 얼굴이 볼만하겠는데요? 호호호.

주미 한국 대사관의 실상을 누구보다 잘 아는 엠버는 크게 웃었다.

"뭐, 볼만할 겁니다. 해외 발령받으면 집에서 대성통곡할 정도로, 아주 영혼을 빼내 봅시다."

그리고 노형진은 그럴 수 있는 능력이 있는 사람이었다.

"나라 꼴 아주 잘 돌아간다."

혀를 끌끌 차는 노형진.

그럴 수밖에 없다. 오늘 뉴스는 기가 막혀서 말이 나오지 않을 지경이니까.

군 인력 부족. 무차별 징집으로 장애인까지 군대로 끌려가

내용은 간단했다.

뇌성마비로 인해 간신히 걷는 사람에게 군에서 신검을 받으라고 우편물을 보냈다는 것.

물론 그건 이해가 간다.

신검이라는 게 원래 이 사람이 군에 갈 수 있는지를 검사하기 위해 만들어진 제도니까 검사해서 못 가는 사람이면 빼면 된다.

"아니, 그런데 군에 못 가니까 공익 가라는 건 뭔 상큼한 개소리야?"

뇌성마비도 등급이 다르다지만 일단 정상적인 훈련은 불가능하다.

뉴스에 따르면 간신히 걷는 수준이라고 하는데, 애초에 이런 사람은 데리고 갈 수가 없다.

그럴 수밖에 없는 게 공익이라고 해서 훈련을 받지 않는 게 아니다.

훈련소 기간은 동일하게 거치고, 사회에서 근무하는 게 공익이다.

그런데 군 훈련소라는 게 뛰고 행군하고 사격하고, 건장한 사람들도 처음 하다 보니 힘들어하는 일투성이다.

거기에 뇌성마비 환자를 데리고 간다?

"미친 거지, 이건 진짜."

더군다나 이 한국의 지랄맞은 훈련소 시스템은 통제의 편의성을 위해 연좌제를 시행한다.

한 명이 실수한다?

그러면 다 죽는 거다.

당장 예를 들어서 피티 할 때 마지막 구령을 붙이지 않는 게 보통이다.

그런데 거기서 누구 한 명이 붙인다?

그러면 뜬금없이 피티가 두 배로 늘어난다.

그렇다고 해서 실수하지 않는다고 해서 안 하느냐?

아니다. 그냥 실수할 때까지 계속 뺑뺑이다.

피티를 스무 번 시켰다가 실수하는 사람이 나오면 마흔 번이나 쉰 번이 되는 거고, 실수가 없으면 그냥 스무 번 무한 반복이다.

물론 군이라는 곳은 전쟁을 준비하는 곳이고 훈련은 그 일환이니 그건 당연하다고 하면 당연할 수 있다.

문제는 그 안에서 실수하는 사람이 나올 테고, 조교는 그런 사람에 대한 집단 따돌림을 조장한다는 거다.

소위 말하는 전우애라는 겉만 번지르르한 말로 말이다.

그런데 그런 실수를 자꾸 하는 사람들, 소위 말하는 구멍 또는 폐급이라고 불리는 사람에 대해 전우애가 생기겠는가?

당연히 증오만 생긴다.

전우애는 그럴 때 생기는 게 아니다.

힘든 걸 함께 이겨 낼 때 생겨나는 거다.

그런데 누군가로 인해 자꾸 문제가 터지는데 전우애가 생길 리가 없다.

물론 군에서도 그걸 모를 리가 없다.

하지만 통제가 편하니까 그러는 거다.

"장애인이 잘도 거기서 버티겠다."

피티는커녕 행군도 못할 테니 당연히 그 안에서 온갖 욕은 다 먹을 거다.

"국방부 새끼들이 미쳤나?"

노형진은 혀를 끌끌 찼다.

군 현대화를 하려고 하는 게 아니라 장군들의 자리 보전을 위해 군의 숫자만 유지하려고 한다.

"굳건이는 노예가 필요해요."

노형진은 그렇게 중얼거리면서 신문을 내려놨다.

참 답이 안 나오는 세상이었다.

⚖️

"하늘 쪽에 일거리가 영 부족해. 뭐 방법이 없을까?"

진지한 표정으로 말하는 김성식.

새론의 자회사, 법무 법인 하늘.

그곳의 문제는 새론의 문제이기도 했다.

"역시 변호사 시험 출신 변호사에 대한 이미지가 아직은 좋지 않네요."

"그럴 수밖에 없지. 아직은 실력 자체가 사법고시 출신보다 떨어지는 게 현실적인 문제이니까."

공부 기간도 짧고 전문성도 떨어지는 로스쿨 제도.

그나마 멀쩡했던 원래 취지도, 정치인들이 부자들과 자기들의 자녀들을 위한 특혜 제도로 걸레짝을 만들면서 사람들의 로스쿨 출신에 대한 신망은 그다지 깊지 않았다.

"결정적으로 하늘은 전문적인 특성을 전략화해서 하는 게 목적이었지만 속해 있는 변호사가 많기 때문에 어쩔 수 없이 다량의 소송도 같이하는 구조야. 팀별로 사건을 전담해서 파고드는 새론과는 또 다르지."

그렇다 보니 사건 자체가 엄청나게 많아야 하는데 현실적으로 그런 사건은 많지 않다.

"노 변호사 덕분에 집단소송을 몇 개 하면서 유지하고 있지만 그마저도 오래가진 못할 것 같고. 다들 좋은 방법 없을까?"

김성식의 말에 다들 말은 못 하고 눈만 데굴데굴 굴렸다.

그럴 수밖에 없는 게, 하늘은 변호사 숫자만 보면 한국에서 톱을 달릴 정도로 많다.

애초에 하늘이라는 존재 자체가 아무도 받아 주지 않는 로스쿨 출신 변호사의 집합체라는 성향이 있다 보니 어쩔 수가 없다. 전문적인 변호사들만큼이나 사실 전문성이 떨어지는 변호사들도 존재할 수밖에 없으니까.

로스쿨 제도 자체가 전문적인 영역의 변호사가 자격을 따면 상당히 유리한 제도이기는 하지만, 애매모호한 수준이면 별 효과가 없다고 봐도 무방하다.

특히 철학과나 국문과같이 전문성을 따지기 애매한 출신들도 있고 말이다.

반대로 행정 쪽 같은 경우는 너무 많아서 전문성이 의미가 없다고 봐도 무방할 정도다.

"하지만 마땅한 방법이 있을까요? 다들 아시겠지만 법률이라는 게 전형적인 소수 정예 전략으로 운영되는 것이잖아요."

고연미가 우려 섞인 표정으로 말했다.

"그건 그렇지."

김성식도 그 부분에 대해서는 고민할 수밖에 없었다.

그저 그런 로스쿨 변호사 백 명보다 대법원 출신 전관 변호사 한 명이 더 강력한 힘을 발휘하는 게 바로 이 법률 세계의 룰이다.

"각 경찰서에 변호사들이 돌아가면서 일하고 있지만 요즘은 국선을 더 많이 부르니까."

웃긴 일이지만 국선변호사를 부르라는 조언은 경찰서에서 일하는 변호사들이 가장 먼저 해야 하는 법률적 조언이다.

그렇다 보니 능력이 있는 사람은 거기서 변호사를 고용하지만 능력이 없으면 국선을 부른다.

"그나마 그 전략은 또 로스쿨 출신 변호사한테는 잘 먹히지 않더군."

"역시 소문이 좋지 않게 난 게 문제군요."

"그래. 결국 로스쿨 출신들 사이에서도 다시 공무원 시험을 준비하는 사람들이 많아졌어."

그나마 하늘은 그 숫자가 많지 않다.

노형진 덕분에 어느 정도 수익은 났으니까.

"하지만 그마저도 바닥을 치고 있는 상황이니……."

"흠……."

노형진은 입맛을 쩝쩝 다셨다.

그리고 슬쩍 시선을 창밖으로 보냈다.

'나라고 해도 뭐, 사건을 막 만들어 낼 수는 없는데.'

더군다나 하늘의 수백 명이 할 수 있는 그런 일? 그런 게 있을 리가 없다.

"그렇다고 이제 와서 하늘을 없앨 수도 없는 노릇이고."

모두 고민하는 그때 노형진은 문득 얼마 전 뉴스가 생각났다.

"생각해 보니 적당한 건수가 하나 있네요."

"적당? 어느 정도인가?"

"음…… 아마도 한국이 존속하는 동안에는 계속 유지되지 않을까 싶네요."

"뭐? 그런 사건이 있어?"

다들 어리둥절한 표정으로 노형진을 바라보았다.

노형진은 잠깐 손을 들어서 그들을 진정시키고 머릿속에서 계획을 정리했다.

지금 떠오른 건 상당히 즉흥적인 생각이라 어느 정도의 정리가 필요했기 때문이다.

"그래서 자네가 생각하는 게 뭔데?"

"1차적으로는 남자를 이용하는 겁니다."

"1차적? 설마 이게 다른 건도 있다는 건가?"

"네."

"흥미롭군. 남자라……."

김성식은 잠깐 고민했다.

그리고 고개를 갸웃했다.

"남자라……. 하지만 남자만 피해를 입는 그런 국가적 사건이 있던가?"

"있지요."

노형진은 씩 웃으며 말했다.

노형진도 그렇지만 여기에 있는 사람들은 남자라면 다 그 상황을 겪었다. 다만 그게 불이익이라고 인식하지 못하고 있을 뿐이다.

"그래서, 뭔가?"

"바로 병역입니다."

"병역? 그게…… 확실히 주로 남자들이 피해자이기는 하지. 일단 여자는 지원제니까."

고개를 끄덕거리는 김성식.

한국에서 병역법은 남자가 그 책임을 모두 지는 형태로 구성되어 있다.

여군이 없는 것은 아니지만 여군의 경우는 의무가 아니라 지원 제도이기 때문에 그 책임을 진다고 보기 어렵기는 하다.

"하지만 하늘이 어떻게 소송한단 말인가? 혹시나 병역법을 가지고 헌법 소원을 하자는 건가?"

다들 고개를 흔들었다. 그건 불가능하니까.

소송 자체는 불가능하지 않다. 하지만 현실적으로 법이 바뀔 가능성이 거의 없다.

"헌법 소원이 지금까지 없었던 것도 아니고, 그게 가능할까요?"

무태식 변호사 역시 고개를 흔들었다.

"그건 그래요. 남자만 병역을 지는 것에 대해 헌법 소원이 지금까지 몇 번이나 있었지만 그때마다 헌법재판소는 합헌이라고 했어요."

고연미 변호사도 말도 안 된다는 듯 말했다.

"헌법재판소의 신념은 확실하네."

현실적으로 여자도 군에 끌고 가려고 하면 그 정치적 반발이 어마어마할 수밖에 없다.

아마도 그 정권이 얼마나 지지를 받든 그 판결 이후에는 다음 정권은 내놔야 하는 게 확실시될 것이다.

국민의 절반이 적대적이 될 테니까.

그렇다고 징병제를 폐지한다?

애석하게도 대한민국 주변에는 멀쩡한 나라가 없다.

툭하면 다른 나라를 도발하는 일본.

남의 역사까지 모조리 빨아먹는 중국.

남의 나라 영공을 불시에 쑤시고 다니는 러시아.

그리고 그나마 가까운 나라가 자국 이익에 환장한 미국.

누군가는 한국을 유럽 한가운데에 가져다 두면 세계적 강국 레벨이 될 거라고 한다.

하지만 그건 말도 안 되는 가정이다.

한반도를 들어서 유럽으로 이사할 수 있는 것도 아니고, 일본처럼 '탈아입구'라는 정신 나간 헛소리를 할 수 있는 것도 아니다.

일본은 오랜 시간을 탈아입구, 그러니까 자신들은 아시아 국가가 아니라 유럽 국가에 속해야 한다는 개소리를 해 왔다.

그들은 유럽에 대한 강한 환상을 가지고 있다 보니 프랑스 파리의 진실을 보면 충격을 받는 '파리 증후군'이라는 특유의 정신병도 있다.

그들에게 유럽은 완벽한 선진국이니까.

'하지만 파리에 가면 제일 많은 게 도둑하고 쓰레기하고 거지지.'

그걸 인정하지 못하여 정신병이 오는 거다.

그것도 남의 나라 사람이.

일본이 유럽에 얼마나 큰 환상을 가지고 있는지 보여 주는 부분이다.

"아, 물론 저도 그런 멍청한 짓을 할 생각은 아닙니다. 헌법 소원을 한다고 해도 이기기 힘든 건 압니다."

"그러고 보니 헌법 소원 하나에 하늘 멤버들이 다 달라붙을 이유는 없겠군."

김성식은 자신의 짐작이 틀렸다는 걸 알아차리고는 고개를 끄덕거렸다.

분명 노형진은 그랬다, 하늘이 오랜 시간 먹을 거리라고.

"그런데 참 애매하네요. 다른 변호사도 할 수 있는 거 아닌가요?"

"물론 하려고 하면 할 수 있지요. 하지만 다른 변호사들은 자존심 때문에 하지 않을 겁니다."

"어째서요?"

"처음에 우리 새론에서 경찰서에 변호사들을 파견할 때를 생각해 보세요."

"무슨 뜻인지 알겠네요."

잘 모르겠다는 표정이 된 고연미와 다르게 무태식은 알 것 같다는 듯 고개를 끄덕거렸다. 무태식은 그 당시에 활동하던 사람이니까.

"그 당시에는 변호사가 경찰서에서 대기한다는 게 창피한 일이었거든요."

물론 국선변호인 제도가 있다.

하지만 국선변호인 제도가 멀쩡하게 굴러가지 못한다는 게 문제다.

일단 체포되면 미란다원칙을 고지한다. 그 원칙에는 국선 변호인 선임에 관한 내용이 포함된 기타 내용이 있다.

그런데 현실적으로 체포에 저항하느라 시끄러운 상황에서 그걸 듣는 사람은 그다지 많지 않다.

그 후가 문제다.

경찰은 그걸 두 번은 말해 주지 않는다.

당연히 국선변호인 제도에 대해 모르는 사람은 혼자서 경찰을 상대해야 한다.

어떻게 운이 좋아서 국선변호인 제도를 알아서 신청한다고 해도, 그 시간 동안 그는 유치장에 갇혀 있어야 했다.

문제는 그 시간에 경찰이 가만두지 않는다는 거다.

온갖 말장난과 협박을 통해 변호인이 오기 전에 죄를 완성해서 뒤집어씌우는 게 경찰의 주특기니까.

국선변호인들은 그나마 낮이라면 괜찮은데, 밤이라면 다음 날까지 기다려야 하는 경우가 많았다.

그런데 체포 영장이 없는 경우 긴급체포가 되는데 그 시간은 한정되어 있고 경찰은 어떻게든 죄를 만들어 낸다.

실제로 비슷한 옷을 입었다는 이유로 엉뚱한 사람을 개 패

듯이 패고는 오해라며 가라고 하는 게 경찰이다.

"하지만 그 이후에 상황이 많이 바뀌었지요."

일단 변호사가 상시 대기하면서 먼저 인사하고 수임하면 그 순간부터는 경찰이 장난을 못 친다.

실제로 그런 건수가 너무 많아서 놀랄 정도였다.

"그런데 그거랑 군대랑 무슨 관계가 있다는 건가? 그건 딱히 범죄도 아닌데."

김성식은 고개를 갸웃했다.

"음…… 신검은 다들 받아 보셨지요?"

"그렇지."

설사 사법시험에 합격해서 다른 걸로 간다고 해도 신검은 받아야 한다.

"저는 신검에 법률적인 조언이 절대적으로 필요하다고 생각합니다."

"무슨 말인가? 무슨 협박이나 공갈이 들어갈 만한 일이 아닌데."

"물론 그렇습니다. 하지만 거기서 일하는 군의관들은 제대로 된 군의관도 아니죠."

"이해가 되지 않는데?"

"일단 기본적으로 신검 때에 말입니다. 신검의 대상은 자신의 상황에 대한 증명서를 제출해야 합니다."

"그렇지."

고개를 끄덕거리는 사람들. 그게 기본이니까.

"그런데 자기가 잘못된 걸 모르면 어쩌죠?"

"무슨 말인가?"

"다들 아시지 않습니까, 신검의 수준."

말이 신체검사지 사실 사지 멀쩡하게 붙어 있고 눈 보이고 방아쇠 당길 손가락만 있으면 무조건 끌고 간다.

"얼마 전에 뉴스를 보니 뇌성마비가 있는 사람까지 끌고 가는 판국이라고 하더군요."

"뭐?"

"그 말이 사실이에요?"

"네, 물론 경중이기는 했지만요."

어찌 되었건 누가 봐도 그는 정상적인 군 생활은 못 한다. 그런데 끌고 간다.

"여기서 문제가 생기는 겁니다."

"이해가 되지 않네만. 관련 규정이 있지 않나?"

신검을 하는 군의관들이 설렁설렁 넘기다 보니 사람들은 대충 한다고 생각하지만 사실 그 관련 규정은 무척이나 까다롭고 자세하게 되어 있다.

한국에서는 병역 비리에 관한 문제가 무척이나 예민하게 받아들여지고 있기 때문에 수차례 개정을 거쳐서 가능하면 병역 비리를 막으려고 한다.

물론 그래 봤자 돈 있고 백 있는 놈들은 면제받는 게 당연한 일이지만.

"건강한 남성이라면 문제가 안 되죠."

사실 그건 싸워서라도 보내고 싶지 않아도 안 갈 수가 없다.

"하지만 치료 과정이라면 어떨까요?"

"치료 과정?"

"전에 횡문근 융해증을 가지고 싸운 적이 있지요?"

"그랬지."

다들 고개를 끄덕거렸다.

장군이 극단적으로 운동을 시킴으로써 결국 횡문근 융해증으로 장병이 사망한 사건.

"병역법에 따르면 횡문근 융해증은 7급의 면제 사유입니다. 그런데 치료되었다면 1급의 현역 입대 확정이지요."

"그게 뭐가 문제가 되나?"

"문제는 그다음 규정입니다. 후유증이 있는 경우 현장에서 판정한다."

"음?"

"그 후유증을 정밀 검사 장비도 없는 현장에서 판정한다는 게 말이 안 되는 거죠."

애초에 횡문근 융해증이 가장 위험한 부분은 그로 인해 신장이 고장 나는 것이다.

"그런데 거기에 신장을 검사할 수 있는 장비가 있습니까?"

"잘 모르겠군. 하지만 국방부의 상황을 봐서는…… 없다고 생각해야겠군."

"맞습니다. 제가 노리는 게 바로 이 부분입니다. 생각보다 이런 규정이 많습니다."

"확실히 파고들 만한 부분이 분명 있겠군."

물론 완벽하게 치료되어서 건강하게 갔다 올 수도 있다.

하지만 당사자가 모르는 후유증이 있다면?

그걸 걸러 줘야 하는 건 신검장의 군의관이다.

"그런데 군의관이 보는 시간이 얼마나 되죠?"

몸무게, 키와 같은 뻔한 것은 그냥 휙휙 넘어가고, 내부 질병이나 정신과 질병은 관련 서류를 제출하라고 한다.

그나마 암이나 백혈병 또는 당뇨같이 증명이 빠른 건 서류와 심사를 통해 확인한다.

"하지만 후유증이라는 부분은 애매하지요."

그걸 눈으로 확인할 수 없으니 코에 걸면 코걸이, 귀에 걸면 귀걸이다.

"본인이 안다면 모를까, 모른다면?"

"군대에 끌려가겠군."

김성식은 고개를 끄덕거리면서 말했다.

"그런 규정이 너무 많지요. 그리고 문제가 되는 부분도 너무 많습니다. 사실 병무청이 너무 일을 하지 않아요."

탈모도 못 거르고 습관성 탈구도 못 거른다.

이것이 법이다

오죽하면 일선 부대에서 '병무청 이 개새끼들이 걸러서 보내라고 했더니 온갖 병신을 다 보낸다.'라고 욕할 정도로, 그들은 제대로 일을 하지 않는다.

심지어 아이큐 40짜리 장애인을 군대로 보내서 그가 살인하게 하는 원인까지 제공했다.

"그리고 그 평가 기준은 엄밀하게 말하면 법이 아니지요."

병역법상 11조에 해당 규정에 관해 설정해 놨다.

"그런데 문제가 되는 게, 바로 11조에서 질병에 관해 별표로 설정한 부분입니다."

이 별표는 법이 아니다.

쉽게 말해서 일종의 시행령이다.

그리고 그걸 만드는 건 국회가 아니라 군대다.

정확하게는 국방부.

"문제는 그 시행령이라는 게 결국은 노예를 만들기 위해 만들어진 규정이라는 거죠."

시대가 바뀌고 병역 자원이 줄어들면서 국방부는 이 시행령인 별표를 바꾸는 방법으로 인원을 보충했다.

과거에는 면제였던 부분이 보충역으로, 그리고 이제는 현역이 될 만큼 규정이 바뀌었고 결과적으로 지금 대한민국의 징병률은 99.9%다.

이제 와서는 한국에서 군대에 가지 않는다는 것은 딱 둘중 하나다.

진짜로 사회생활을 못할 정도로 완전히 몸과 정신이 망가졌든가, 돈 있고 백 있는 집안이든가.

　"아까 헌법 소원을 말씀하셨지요? 제가 봐서는 헌법 소원을 한다면 이 별표에 관해 해야 할 것 같습니다만."

　"흐음?"

　노형진의 말에 김성식은 잠깐 고민했다.

　확실히 이런 경우는 애매하다.

　일종의 시행령이라지만 결국 국민들 다수에게 영향력을 행사하는 부분이다.

　"그러고 보니 그런 문제는 한 번도 생각해 본 적이 없군."

　국방부에서 필요하면 국회의원의 동의 없이 마음대로 고쳐서 끌고 갈 수 있는 규정이라니.

　"당분간은 가능하겠네요."

　고연미도 이해가 간다는 듯 말했다.

　군에 가고 싶은 사람은 아무도 없다.

　만일 변호사가 신검장에 대기하면서 문제를 현장에서 해결해 준다면?

　상당히 많은 사람들이 도움을 요청할 것이다.

　"하지만 그 비용이 문제인데. 아무리 가고 싶지 않다고 해도 현장에서 300만 원을 결제할 사람이 얼마나 되겠는가?"

　김성식은 그 부분에 대해서는 부정적이라는 듯 고개를 흔들었다.

물론 노형진은 생각이 달랐다.

"누가 300만 원이랍니까?"

"응?"

"300만 원은 정식으로 사건을 수임한 거죠. 이 경우는 일종의 상담으로 봐야 합니다."

"상담?"

옆에 있던 무태식이 탄성을 내질렀다.

"그러면 시간당 10만 원? 충분히 가능하겠군요!"

요즘은 죄다 카드를 가지고 다니고 외부에서 결제가 가능하다.

그리고 변호사의 상담비는 30분에 5만 원, 한 시간에 10만 원이다.

"신검받는 게 아무리 길다고 해도 두 시간에서 두 시간 반쯤 걸리죠. 사람이 없으면 30분 정도면 끝나고요. 하지만 우리도 그렇고 의뢰인도 그렇고, 단순히 키 재고 몸무게 재고 시력 측정할 때는 우리가 필요 없으니 질병 검사 쪽 시간만 잡으면 될 겁니다. 그 시간은 길어 봐야 한 시간쯤 되겠지요."

"오호?"

하지만 군에 가기 싫은 사람이라면?

특히나 애매한 상황이어서 뭐라도 붙잡고 싶은 사람이라면?

과연 한 시간에 10만 원을 안 낼까?

충분히 낼 것이다.

완벽하게 건강한 사람이라면 모르지만, 조금이라도 아픈 곳이 있다면 말이다.

"특히나 질병에 관한 부분은 확실히 문제가 되지요."

가령 평소에 심장이 좋지 않은 사람이 있을 수가 있다.

현실적으로 심혈관 질환은 정밀 검사를 하기 전에는 알아낼 수가 없다.

"만일 제가 군의관에게 평소 심장이 좋지 않다는 말을 하면 어떻게 될까요?"

"음…… 당연히 그냥 통과시키고 다음 코스로 보내겠지."

그게 그들의 업무니까.

사실 그들만 탓할 수는 없다.

신검장에 가 보면 알겠지만 거기에 가면 진짜로 어디 한 곳이라도 아팠으면 하는 기분이 들기 때문이다.

인생에서 1년 반 이상을 날려 먹는 거다.

그사이에 병신이 돼도 누구도 도와주거나 보상해 주지 않고, 국가를 위해 희생한다고 해도 인정도 해 주지 않는다.

"두려움을 이용한 마케팅이라……."

확실히 남자들은 이해가 간다는 듯 고개를 끄덕거렸다.

하지만 고연미는 말도 안 된다는 표정이었다.

"그 정도라고요?"

"고 변호사가 안 겪어 봐서 몰라. 그때는 있잖아, 차라리 내가 다리병신이었으면 좋겠다는 생각이 든다니까."

"맞습니다. 물론 다리병신까지는 아니지만 10만 원요? 그 순간의 그 감정에 따르면 절대 비싼 가격이 아닙니다."

"그러면 병역 면탈을 도와주는 거 아니에요?"

고연미 변호사가 걱정스럽게 말했다.

"그럴 리가요. 우리는 제대로 하자는 것뿐입니다."

만일 병이 없는데 군대에 가지 않으려 한다면 분명 그건 병역 면탈이다.

하지만 자신이 이상 증세를 느끼고 군의관에게 이야기했음에도 불구하고 군의관이 무심하게 넘겨서 죽는다면?

누가 책임질 것인가?

실제로 그런 일은 비일비재하다.

백혈병인 것을 인지하지 못하고 신검하러 갔다가 바로 통과되고 얼마 후에 입대.

그리고 백혈병이 군대에서 악화되면서 그는 제대당했다.

끌고 갈 때는 우리 아들이지만 아프면 남의 아들이라는 명언처럼, 군대는 아픈 병사에 대해 절대로 책임지지 않는다.

"그걸 남자들은 다 알죠. 그걸 알면서도 군의관들은 대충대충 휙휙 넘겨 버리는 거고요."

"으음."

"그리고 저는 그게 나쁜 행동이라고 생각하지 않습니다. 우리가 돈을 갈취합니까, 아니면 강제로 의뢰하라고 겁을 주나요?"

아니다. 그저 신검장 앞에서 홍보할 뿐이다.

그리고 그곳에서 신청하면 법률적 과정에서 참가해 주는 것뿐이다.

"저는 여자라서 그런지 이해가 되지 않네요."

"가지 않는 게 정상입니다. 그 공포감은 어마어마하거든요."

1급 현역 판정이 나오면 웃으면서 '아, 씨발. 좆 되어 부렸스.'라며 자기 위로를 하지만, 가슴 한구석에서는 세상이 무너지는 느낌이 든다.

"느낌은 모르겠지만…… 뭐, 논리적으로는 나쁜 건 아닌 것 같아요."

일단 군의관들이 대충 일하는 건 막을 수 있다.

그리고 그로 인해 군에 가서는 안 되는 사람들이 입대하는 것을 막을 수 있다.

그건 불법이 아니다.

"애초에 우리의 모토가 뭡니까? 모두에게 평등한 법률 서비스 아닙니까?"

"하지만 국방에 관해서는 그러지 못했다?"

"그러지 못했죠. 없는 병까지 만들어서 군대에 가지 않는 사람들이 넘치고 넘쳤는데요, 뭘."

노형진의 말에 김성식은 고개를 끄덕거렸다.

누군가는 군대를 옹호하면서 쓸데없는 짓을 한다고 할지도 모른다.

"하지만 1년 9개월입니다. 그리고 군대는 여러모로 교도소보다 열악한 경우도 있지요. 만일 변호사로서 의뢰인이 징역 1년 9개월을 선고받는다고 하면 그걸 막기 위해 노력해야하는 거 아닙니까?"

노형진의 말에 순간 고연미는 아차 싶었다.

의무라는 이름으로 가려져 있을 뿐 사실 군대는 남자에게 부과되는 1년 9개월의 징역과 같았다.

"무슨 말인지 알겠어요. 확실히 우리가 한다고 해도 문제가 될 건 없겠네요."

"하지만 여전히 문제가 있네. 그 안에 어떻게 들어갈 것인가?"

"못 갈 건 없죠. 신검을 받는 그 순간은 말입니다. 엄밀하게 말하면 민간인입니다. 군법에 저촉되지 않습니다."

당연히 고문 변호사가 동행하겠다는데 군대에서 무슨 권한으로 막겠는가?

"하지만 그래도 여전히 문제가 있어요. 그 안에서 의사들을 어떻게 압박하시려고요?"

그게 가장 큰 문제다.

의사들에게 "정밀하게 판단해 주세요."라고 요청한들 그놈들이 "알겠습니다."라고 하면서 제대로 판단해 줄까?

그럴 리가 없다. 의사들에게 징병 대상자들은 그저 짐이고 일거리일 뿐이다.

"간단합니다. 각서죠."

"각서?"

"그렇습니다."

노형진의 계획은 간단했다.

일단 이상 징후를 말한다.

그러면 의사는 그 부분에 대해 자세한 검사를 요청하거나 재검사 신청을 해야 한다.

"하지만 대부분의 의사들은 그러지 않을 겁니다."

분명 귀찮다는 듯 "아, 네. 알겠습니다."라고 하면서 앞으로 가라고 할 것이다.

"그럴 때 변호사로서 녹음해 두는 거죠."

변호사로서 법률적 과정에서 녹음하는 건 불법이 아니다. 미리 고지도 할 테니까.

"그리고 나중에 이상 징후가 발생할 시 이를 근거로 소송이 진행될 수 있음을 고지하면 됩니다."

"아!"

공무원들이 가장 싫어하는 게 뭘까?

바로 책임이다.

복지부동이라는 말이 괜히 생긴 게 아니다.

공무원들은 책임지기 싫어서 바닥에 납작하게 엎드려서

아무것도 하지 않으려고 한다.

정규직 공무원조차도 그런데, 하물며 임시로 군에서 일하는 군의관들이 책임지려고 할까?

그럴 리가 없다.

"자기는 책임 없다고 우기겠지요."

노형진은 그렇게 말하고는 빙긋 웃었다.

"그리고 그때부터가 우리가 일할 순간입니다, 후후후."

⚖️

일단 시작해야 하는 건 노형진이다.

그의 머릿속에 있는 것이라서 그가 직접 시범을 보여 줘야 하기 때문이다.

노형진이 신체검사소 입구에 플래카드를 걸기 무섭게 잔뜩 겁먹은 사람들이 접근했다.

"저기요, 진짜로 여기서 법률적 조언을 해 줘요? 신검에도 그런 게 필요해요?"

"필요할 수도 있고 아닐 수도 있습니다. 그건 저희들이 판단할 게 아닙니다. 다만 의사의 행동 등에 관해 저희가 주의를 줄 수는 있지요."

"으음……."

몇몇이 고민하는 그때, 왜소해 보이는 한 사람이 먼저 나섰다.

"그러면 저를 좀 도와주실 수 있나요?"

"그러지요. 그런데 상담비는 선불입니다."

"그 정도야 어렵지 않으니까."

카드로 결제하는 남자.

"그런데 사회 차상위 계층은 무료예요?"

"무료입니다. 돈 없다고 군대에 끌려가면 서럽잖아요."

이해한다는 듯 고개를 끄덕거리는 남자.

"성함이……?"

"서찬웅이라고 합니다."

"그러면 들어가지요. 그런데 이건 아셔야 합니다. 저희는 법률적으로 조언을 해 드리는 거지 군대에서 빼 드리는 건 아니에요."

"아, 네……."

노형진이 그와 함께 들어가자 몇몇 사람들이 노형진의 입장을 막으려고 했다.

하지만 이내 움찔할 수밖에 없었다.

"지금 저는 의뢰인을 대리하는 변호사로서 들어가는 겁니다."

"그래서요?"

"그런데 왜 못 들어가게 하려는 거죠?"

"여기는 신검장입니다."

"신검장이지요. 그런데 법률적으로 변호사의 동석이 금지되어 있나요?"

입구를 가로막았던 사람들이 눈을 데굴데굴 굴렸다.

'그런 곳은 없거든.'

세상 어디도 변호사의 동석을 의무화했으면 했지 금지하는 곳은 없다.

당연히 앞을 막았던 사람들은 당황할 수밖에 없었다.

지금까지는 여기에 변호사가 온 적이 없어서 그렇지, 엄밀하게 말하면 여기도 변호사가 못 들어오는 곳은 아니다.

"그리고 결정적으로 신검은 모두 공개됩니다. 특수한 경우만 제외하고 말이지요. 그래서, 두 분은 누구십니까?"

"어…… 공개였어?"

"이거 공개야?"

당황하는 그들을 보면서 혀를 끌끌 차는 노형진.

'하긴, 누가 남의 신검을 보러 오겠어?'

여자들은 관심 없고 남자들에게는 트라우마를 자극하는 곳이다.

친구와 같이 왔다고 해도 내부에서 같이 돌아다니지는 않는다. 그냥 바깥에서 기다리지.

그러니 공개인 걸 모를 수밖에.

"공개! 입니다. 법적으로요!"

노형진의 말에 그 둘은 눈을 데굴데굴 굴리더니 고개를 숙였다.

"미안합니다. 저희는 공개인 줄 모르고."

"저희가 발령받은 지 얼마 되지 않아서요."

그들이 조용히 물러나는 건 노형진도 가만뒀다.

그들과 싸우러 온 게 아니니까.

'지금부터 싸워야 할 사람은 따로 있지.'

노형진은 느긋하게 서찬웅을 따라 안쪽을 돌았다.

사실 키를 재거나 몸무게를 재는 것은 그다지 신경 쓸 필요 없다. 그건 객관화된 수치이니 뭐라고 할 수 있는 게 없으니까.

그래서 그런 일은 보통 군의관이 아니라 공익이라고 불리는 사회 복무 요원이 하게 된다.

문제 되는 곳은 이곳이다.

"아픈 곳 없지? 통과."

시큰둥하게 말하는 군의관.

그는 귀찮다는 듯 손까지 획획 저었다.

"어, 저기…… 제가 평소에 폐가 좀 좋지 않은 편이라서요."

"아, 또 구라질이네. 이 새끼야, 내가 병신으로 보여? 어?"

서찬웅에게 짜증 난다는 듯 말하는 군의관.

서찬웅은 당황해서 잔뜩 주눅이 들었다.

물론 노형진은 주눅 들 이유가 없다.

그는 병역을 필했고 이제 군대랑 상관없는 사람이니까.

"요즘은 공무원이 민원인에게 반말을 찍찍 하나 봅니다?"

"뭐? 당신 뭐야?"

"여기 서찬웅 씨의 고문 변호사입니다만."

갑자기 군의관의 얼굴이 묘하게 변했다.

보통 고문 변호사가 따라온다는 건 그 사람이 좀 살 만하고 힘 있는 사람이라는 걸 의미하니까.

"왜 민원인한테 반말합니까?"

"아니, 그게…… 이제 군인이니까…….'

"군인이 되는 건 입대하고 나서죠. 아직은 민간인입니다만? 아니면 뭐, 일단 내지르고 맘에 안 들면 현역으로 처박아 버린다, 그런 건가요?"

"아니요…… 아닙니다. 그건 아니고요, 그냥…….'

'이런 놈들이 군의관이라고, 쯧쯧.'

엄밀하게 말하면 징병 대상자일 뿐 여기에 있는 사람들은 아직 군인이 아니다.

그런데 가끔 이렇게 질이 좋지 않은 군의관들은 대상이 자기보다 낮은 인간이라고 생각해서 막 대하는 것이다.

"그리고 군의관으로서의 최소한의 업무도 하시지 않는 것 같은데요."

"뭐…… 뭘요?"

"지금 제 의뢰인이 뭐라고 했지요?"

"그, 그게…… 폐가 평소 좋지 않다고…….."

"그러면 그것에 관한 검사를 하거나 전문 소견을 확인해야 하는 거 아닌가요?"

"아니, 그럴 거면 미리 서류를 준비해야지요."

"모든 사람들이 모든 서류를 준비할 수는 없지요. 엄밀하게 말하면 신검에서 외부의 진단서가 필수는 아닐 텐데요?"

그게 필수라면 누가 신검을 받으러 오겠는가, 그냥 병원에서 하고 말지. 그리고 돈으로 군대를 빼고 말지.

"어……."

"입대하는 신검 대상자의 건강 확인은 여기 병무청에서 해야 하는 업무 아닌가요?"

"그건…… 그렇지요."

"그래서 신검 대상자가 신체적 이상을 호소했는데 구라? 구라요? 지금 그게 군인으로서 할 말입니까? 이 문제에 대해서는 정식으로 국방부에 항의하겠습니다."

군의관은 사색이 되었다.

군의관은 군인이다.

즉, 지금 상황에서 그가 걸리면 군법에 의해 처벌받는다는 거다.

거기에다 그는 장교다.

"아니, 오해입니다, 오해."

"오해는 무슨 오해입니까? 이미 제 두 눈으로 똑바로 봤는데요."

그러면서 주변을 스윽 둘러보는 노형진.

"여기 계신 공익 여러분, 여러분도 증언해 주셔야 합니다."

"아, 그게……."

공익들은 당황한 눈치였다.

그들에게 장교인 군의관은 공포의 대상이니까.

"아니면 위증죄로 군 생활 기간을 늘려 보시든가요. 여기에 있는 게 설마 여러분뿐이라고 생각하시는 건 아니죠?"

아침 일찍부터 신체검사를 받으러 온 많은 사람들이 눈을 데굴데굴 굴리면서 흥미롭게 바라보고 있다.

"아…… 미안합니다. 그러니까……."

떠듬떠듬 말하는 군의관. 그는 당혹감을 감추지 못했다.

"그런데 어디서 오신 분인지?"

"그걸 왜 묻죠?"

"아니 그게, 어느 집 자제분인지……."

'얼씨구?'

노형진은 혀를 끌끌 찼다.

딱 봐도 좀 있는 집의 인간이면 병역에서 빼 주겠다는 의미다.

'그러니까 한국에서 병역의무가 좆같아지는 거지.'

"지금 병역 비리를 해 주겠다는 말로 보이는데요."

"아, 아닙니다!"

"그러면 집안 같은 건 묻지 마시죠. 우리는 법률에 근거한 정당한 검사를 원할 뿐입니다."

"그……러지요. 에…… 그러니까 폐가 좋지 않으시다고요?"

"네."

노형진이 밀어붙이자 서찬웅은 좀 더 자신 있게 말했다.

군의관은 눈치를 보면서 말했다.

"뛰거나 그러는 데 문제가 있으신가요?"

"어…… 오래 뛰지는 못합니다."

"걷는 건?"

"그건 상관없는 것 같네요."

"그러면 담배는 피우시나요?"

"아니요, 몸에 맞지 않아서."

"일단 움직이시는 걸 봐서는 정상으로 보이는데……."

"잠깐."

조용히 듣고 있던 노형진이 갑자기 끼어들자 군의관은 깜짝 놀라서 돌아보았다.

"또…… 왜 그러십니까?"

"전공이 뭔가요?"

"네?"

"전공 말입니다. 군의관이시면 전공이 있을 거 아닙니까?"

이것이 법이다

"어…… 제 전공은……."

눈을 데구루루 굴리던 군의관은 조심스럽게 말했다.

"산……부인과……."

'얼씨구?'

산부인과는 여성의 몸을 전문적으로 다루는 분야다.

물론 그렇다고 해서 다른 사람을 못 볼 정도는 아니지만, 폐와는 전혀 관련이 없는 부서라는 건 틀림없는 사실이다.

"확신하실 수 있습니까?"

"네?"

"제 의뢰인의 질병에 대해 확신하실 수 있냐고요. 군 생활은 깁니다. 그리고 열악하지요. 군의관이 거르지 못할 경우에는 사망까지 이를 수 있는 일입니다. 이에 관한 모든 책임을 지실 준비가 되어 있습니까?"

책임이라는 말에 그는 눈을 데굴데굴 굴렸다.

그가 가장 싫어하는 말이니까.

"그건 아닌데……."

"그런데 왜 규정을 무시하고 독단적으로 판단하십니까?"

"네?"

"규정에 따르면 질병에 대한 판단은 다수의 사람들이 모여서 확실하게 조사해서 내려야 하는 거 아닌가요?"

"그건 그런데……."

물론 그래야 한다.

하지만 대부분의 병무청에서는 그렇게 하지 않는다.

물론 진단서를 가지고 오는 경우에는 기록이 남으니 그렇게 하지만, 이렇게 단순히 현장에서 어디가 좋지 않다고 말하는 경우는 절대 그렇게 하지 않는다.

"그러니까 규정이고 나발이고 다 필요 없다?"

"아, 아닙니다."

결국 그는 어쩔 수 없이 관련 의사들을 불러서 이야기를 시작했다.

대부분은 짜증이 난 얼굴이었다.

하지만 그중 한 명이 숨소리를 듣고 증상을 듣더니 고개를 갸웃했다.

"흠?"

"뭐, 문제가 있습니까?"

"아니…… 조금 의심스러운 게 있는데요."

"의심스러운 거요?"

"네, 어려서 폐렴을 앓았다는 것도 그렇고 가래도 그렇고."

머리를 긁적거리던 의사는 조심스럽게 입을 열었다.

"이게 뭐 폐 질환이라는 게 증상으로 보면 다 비슷비슷해 보이기는 하지만, 재검을 내려야겠습니다."

"재검요?"

"네. 혹시 몰라서요."

군의관이 내릴 수 있는 판단은 총 세 가지가 있는데, 첫 번째가 현역병이 가능하다는 것을 뜻하는 통과, 두 번째가 군생활이 불가능하다는 것을 뜻하는 면제, 그리고 세 번째가 지금 군의관이 내린 재검이다.

어떤 질병이 의심되거나 문제가 되는 경우에 군의관은 그를 재검하도록 해서 그사이에 그가 병원에서 정식으로 치료받거나 진단을 받도록 해야 한다.

'문제는 그렇게 하지 않고 무조건 통과시킨다는 거지.'

노형진은 그 부분을 알고 있어서 그걸 물고 늘어진 것이다.

"일단…… 재검 판정하죠."

"멀쩡해 보이는데……."

"멀쩡하면 다음번에 통과시키면 그만입니다."

결국 서찬웅은 재검 판정을 받고 얼굴에 미소를 띠면서 그곳을 떠날 수 있었다.

"진짜 부럽다."

"개부럽네."

그 모습을 바라보면서 입맛을 다시는 사람들.

그들 중 몇몇이 노형진에게 다가왔다.

"혹시 저도 도와주실 수 있나요?"

"당연하지요, 후후후."

"이건 운이 좋은 거야, 아니면 우리나라가 병신인 거야?"

단 하루, 그 단 하루의 노형진의 현장 근무로 인해 군을 면제받은 사람은 두 명이었다.

한 명은 서찬웅.

그는 단순히 폐가 좋지 않다고 이야기했을 뿐이고 군의관은 그를 1급을 찍어서 군에 보내려고 했지만, 재검 결과 그에게 기관지확장증이라는 증세가 있었던 것이다.

기관지확장증, 말 그대로 폐 내부의 기관지가 기형적으로 발달하는 질병으로, 그렇게 한번 확장된 기관지는 원래대로 돌아가지 않기 때문에 관리가 아주 중요하다. 특히나 먼지 같은 건 독약이나 마찬가지였다.

군대에 가서 먼지를 안 먹을 수는 없으니 서찬웅은 노형진 덕분에 면제 정도가 아니라 죽을 뻔한 위기를 넘긴 것이다.

나머지 한 명은 당사자가 아니라 가족이 의뢰를 맡긴 경우였다.

의뢰인은 가족과 함께 신체검사를 받으러 왔는데, 평소에도 분노를 조절하지 못하는 아들 때문에 혹시나 여기서 뭔 사고라도 칠까 봐 따라왔다가 의뢰를 맡기게 된 것이었다.

노형진은 그를 따라다니다가 인성 검사에서 태클을 걸었다.

일반적으로 인성 검사는 몇 시간씩 걸린다.

그런데 군의관은 고작 20분 만에 인성 검사를 끝내며 정상이라는 판단을 내렸다.

하지만 가족조차도 의심스러워서 노형진에게 의뢰를 맡길 만한 사람이 20분 검사로 정상이 나올 리가 없다고 따진 노형진 덕분에 재검이 실시되었고, 그 결과 과도한 공격성으로 인해 타인에게 위험을 끼칠 가능성이 높은 인물로 분류되었다.

그런 사람이라면 무기를 휘두르는 군대에서는 진짜 위험한 인물이다.

결국 정신이상으로 인한 면제.

"아니, 고작 하루에 한 곳에서 한 일인데 면제가 두 명이라니. 이게 말이나 되는 일이에요?"

고연미는 어이없다는 듯 말했다.

만일 이 수치가 정상이라면 도대체 군에 보내지 말아야 하는 사람들이 얼마나 많이 군에 간단 말인가?

"병무청에서는 어떻게든 끌고 가려고 하니까요."

가서 병으로 죽거나 미친놈 때문에 죽거나 하는 건 국방부에는 중요한 게 아니다.

어떻게든 병역 숫자를 채워서 장군 자리를 유지하는 게 중요할 뿐.

"확실히 자네 말대로 돈이 되기는 하는군."

하루에 못해도 다섯 명, 많으면 수십 명이 몰리는 통에 나

중에는 변호사들이 자신의 차례를 기다리지 못하고 급히 지원하러 가야 할 만큼 신청자들이 많았다.

"물론 병무청에서는 곡소리가 나기 시작했지만 말이야."

전에는 설렁설렁 고작 20분 만에 남의 젊음을 팔아먹었지만 이제는 그렇게 안 된다.

특히나 문제가 되는 경우 책임진다는 각서를 요구하고, 사인하지 않는다고 해도 변호사로서 제대하는 순간까지 녹음 파일을 보관한다는 말에 그들은 정신이 아찔해졌다.

한 명이라도 대충 보냈다가 그가 죽거나 미쳐서 막사에 수류탄이라도 까 넣으면 자신들의 인생은 끝장이니까.

"진짜 우리나라 징병제가 사라지기 전까지는 없어지지 않을 일거리겠어, 하하하!"

김성식은 크게 웃을 수밖에 없었다.

하늘의 가장 큰 문제가 해결된 셈이니까.

"기뻐하시긴 이릅니다. 이건 시작일 뿐이거든요."

"시작? 아이고, 이거 말고 또 있어?"

"또 있지요."

노형진은 자신 있게 말했다.

"우리의 눈은 모든 곳에 있기 마련이지요, 후후후."

"공익 근무 요원은 참 애매한 거죠."

노형진은 빙글거리면서 웃었다.

"국제법 위반이니까요."

"네? 어째서 국제법 위반이에요?"

고연미는 깜짝 놀라서 물었다.

그에 반해 남자들은 안다는 듯 고개를 끄덕거렸다.

"위반이기는 하지."

"맞습니다. 골치 아픈 문제죠."

"이것 때문에 우리나라가 위안부 문제는 떠들어도 강제징
용 문제에 대해서는 찍소리도 못 하고 있으니 이거야 원."

"이해가 되지 않는데요? 그들은 군인 아닌가요? 그런데

왜 불법이에요?"

고개를 갸웃하는 고연미에게 노형진은 차분하게 설명해 줬다.

사실 생각해 보면 고연미가 모르는 게 당연하다.

한국에서 병역은 남자만의 문제이니까.

"공익 근무 요원은 군인이 아니라 민간인입니다."

"민간인이라고요? 병무청에서 뽑는데요?"

"맞습니다. 하지만 그 이후에 민간인으로 분류되어 주요 근무처로 넘어갑니다."

문제는 거기서 발생한다.

전 세계적인 조약 중에서 민간인의 강제 노동을 금지한 국제노동기구, 즉 ILO에 위반된다는 것이다.

"아, 그랬어요? 전 군인인 줄……."

"아직 사람들이 잘 모르는 게 많죠. 사실 보통 공익이라고 부르기는 하지만 엄밀하게 말하면 사회 복무 요원이 맞고요."

하지만 보통 사람들은 공익 근무 요원이라는 말에 더 익숙해서 그걸 줄여서 공익이라고 말한다.

"한국에서 쓰는 대표적인 노예죠."

그나마 현역병이라면 나라를 지킨다는 의의라도 있지, 사회 복무 요원의 현실은 노예 그 자체나 다름없다.

"흠…… 그런데 그 사람들을 어쩌려고 그러는 건가?"

이것이 법이다

"사회 복무 요원은 사실 생각보다 많은 곳에 있습니다. 그리고 그들은 군인보다 자유롭지요."

"이해가 안 가네만?"

"군인과 다르게 도망갈 구멍이 있거든요. 저는 그들을 설득해서 반노예 시스템을 만들어 볼 생각입니다."

"반노예 시스템?"

"네. 국방의 문제는 사실 어쩔 수가 없죠. 군 비리가 넘치고, 요즘 같은 시대에 좋은 무기보다 숫자에 기댄다고 해도 결국 병역법이 있으니까요. 하지만 사회 복무 요원은 좀 다릅니다."

그들은 군인이 아니다. 당연하게도 민간인으로서의 권리가 있다.

"다만 대부분의 사회 복무 요원은 그걸 모르지요. 그래서 대부분의 단체에서 거의 노예처럼 부려 먹히고 있습니다."

원래 사회 복무 요원의 업무는 한정적이다.

하지만 대부분의 사회단체에서는 사회 복무 요원을 무슨 잡무 기계쯤으로 생각한다.

"하지만 그렇게라도 책임을 다해야 한다고 생각하지 않습니까?"

무태식의 말이었다.

그는 사회 복무 요원이라는 것에 대해 그다지 긍정적으로 보지 않는 듯했다.

"책임을 다한다고요? 무슨 책임요?"

"그거야 국가와 사회에 대한 책임이죠."

"그걸 정한 건 누구죠?"

"그건 국가죠."

"그러면 그 책임은 누가 져야 하지요?"

"그건…… 국가죠……."

"그러면 지금 국가에서 사회 복무 요원에 대해 지는 책임은 뭐가 있죠?"

무태식은 말을 못 했다. 아는 게 없으니까.

"노예라는 건 그렇게 만들어지는 겁니다. 우리가 책임을 다한다고 생각하지만 그 책임은 쌍방입니다. 그런데 국가는 그걸 책임지지 않죠."

하다못해 군인은 숙식을 해결해 주는 정도는 해 준다.

하지만 사회 복무 요원은? 그런 것도 없다.

"애초에 법적으로 사회 복무 요원은 피부양자로 분류됩니다. 그에 반해 현역은 자활 가능자로 분류되지요."

"으음, 그랬나요?"

변호사들이 모든 법을 다 아는 건 아니다.

특히 병역법은 딱히 문제가 되는 경우가 적기 때문에 잘 모르는 경우가 많다.

"제가 문제 삼고자 하는 건 이 부분입니다. 네, 사회적으로 필요할 수 있어요. 무태식 변호사님의 말씀대로 그들도 사회적으로 뭔가를 해야 할 수도 있지요. 그런데 그들은 정상적인 생활이 불가능한 피부양자입니다."

남에게 도움을 받거나, 활동할 때 도움이 필요한 사람들.

그런 사람들을 피부양자라고 한다.

"언어도단이라고 생각하지 않으세요?"

남의 도움을 받아야 하는 사람들이 사회 복무 요원이라는 이름으로 남을 도와주도록 배치된다.

이게 말이나 된단 말인가?

"더 문제는 그 책임입니다. 최소한 현역은 말입니다, 국가에서 최소한의 삶은 보장합니다."

사실 군대 급식은 빼돌리지만 않으면 질이 나쁜 건 아니다.

군대 막사도 개판 5분 전이었지만 이제는 많이 나아지고 있다.

아프면 병원에 가는 거?

못 가게 하는 장교들이 지랄맞은 거지, 필요한 경우에 치료받을 수 있는 시스템은 되어 있다.

즉, 군대라는 조직이 부패하고 썩어 가는 가장 큰 이유는 인간이지 시스템이 아니다.

"그런데 이 사회 복무 요원은 말입니다, 그 책임을 그 가족이 지도록 되어 있어요. 제가 문제 삼고자 하는 건 그겁니다."

군대라는 조직의 구성원은 내부에서 살면서 의식주를 해

결한다.

물론 그들이 힘든 건 이해한다.

노형진 역시 회귀 전에는 군대에 현역으로 끌려갔다 왔으니까.

"이건 질투나 분노의 문제가 아닙니다. 나는 현역으로 갔다 왔는데 너는 왜 공익이냐는 마음으로 접근할 수는 없다는 거죠."

"으음……."

법적으로 사회 복무 요원은 일반적인 현역과 동일한 임금을 받도록 되어 있다.

"그런데 사회에서는 군대보다 훨씬 더 많은 돈이 필요합니다."

더군다나 애초에 사회 복무 요원이라는 것 자체가 그 당사자가 정신적으로 그리고 육체적으로 정상이 아니라는 소리다.

반대로 말하면 치료받아야 하는데 그걸 국가에서 지원해주지 않으니 결국 그 가족이 내야 한다는 거다.

"먹는 것, 입는 것, 치료비 등 모든 게 가족에게서 나가야합니다. 노예는 최소한 먹고 입는 건 해결해 줍니다. 군대가노예라면 이들은 노예 그 이하인 셈이죠."

부모의 입장에서는 자식이 아프다는 게 죄가 되어서 그에게 필요한 모든 돈을 직접 내야 하는 셈이다.

그들이 뭘 잘못한 게 아니다. 그저 자식이 아플 뿐이다.

"아…… 그 부분은 생각을 못 했네요."

말로는 사회에서 일하니 편하다고 할지도 모른다.

하지만 군대에서 제일 유명한 명언이 우리 부대가 제일 빡세다는 말이다.

"사회적인 사회 복무 요원의 개념은 둘째 치고, 그 복무 비용을 그 가족에게 떠넘긴다는 게 조선 시대의 백골징포와 뭐가 다릅니까?"

백골징포白骨徵布.

조선 시대에 죽은 사람에게까지 세금을 내도록 했다는 악법.

"으음……."

"애초에 사회 복무 요원으로 활동하게 하려면 그에 따른 최소한의 대가는 지불해야지요. 그렇지 않나요? 그리고 가장 큰 문제는 그 피부양자 기준이 진짜 애매하다는 겁니다. 설사 그것까지는 양보한다고 해도, 일가족을 극한으로 모는 경우도 있다는 게 문제입니다."

"극한요?"

"네. 사회 복무 요원 중에는 현실적으로 피부양자가 아니라 부양자인 경우가 많습니다. 사실 이 부분이 제일 큰 문제죠."

부양자가 군대를 가는 경우 피부양자는 생존이 문제가 된다.

문제는 그런 경우에 해결책이 없다는 거다.

과거에는 생계 곤란이 확실한 경우 병역을 면제해 줬다.

하지만 지금은 생계 곤란이라고 해도 사회 복무 요원으로 근무해야 한다.

"그런 경우가 많아요?"

"생각보다 많습니다. 상근 예비역도 있고."

"상근 예비역? 그건 뭐예요?"

노형진은 고연미에게 쉽게 설명해 주기로 했다.

"쉽게 말해서 군 생활을 하면서 출퇴근하는 사람을 뜻합니다. 그런데 이것도 문제가 되지요."

"어째서요?"

"상근 예비역 중에는 아이가 있는 경우가 많거든요. 원래 상근 예비역 자체를 수형자 아니면 아이가 있는 사람들 위주로 뽑으니까요."

"네? 아이요?"

뜬금없다는 얼굴이 되는 고연미. 노형진은 그런 그녀에게 차분하게 설명했다.

"사회 복무 요원이 몸이나 정신이 아픈 거라면 상근 예비역은 경제적 문제가 많습니다. 몸은 건강한데 생계 문제로 군 생활을 못 하니까 대신에 퇴근할 수 있게 한 거라고 보시면 됩니다."

"그러면 도움이 많이 되겠네요?"

옆에서 듣고 있던 무태식이 코웃음을 쳤다.

"될 리가 있습니까? 상근이라……. 노 변호사님이 뭘 말하려고 하는지 알 것 같네요."

"도움이 안 된다고요?"

"될 수가 없지요."

상근 예비역은 군에서 생활하는 군인이다.

이게 무슨 말이냐면 겸업이 금지되어 있다는 거다.

생계 문제로 상근 예비역으로 나왔는데 정작 돈은 벌 수 없는 괴상한 구조.

설사 어찌어찌 상부의 허가를 얻는다고 해도 현행법상 상근은 집 자체를 내무반으로 본다.

즉, 9시에는 집에서 전화 등을 통해 일종의 점호를 받아야 한다.

"그런데 근무시간이 오후 6까지입니다."

오후 6시에 퇴근해서 오후 9시에 점호하고 그 이후에는 집에서 나가면 안 된다.

더군다나 군대라는 조직은 기본적으로 산속에 있는 경우가 많다. 운이 좋아서 도심에 가까워도 출퇴근에 한 시간은 잡아야 한다.

말로는 허가받은 후에 아르바이트를 할 수 있다고 하지만 현실적으로 퇴근한 후에 할 수 있는 아르바이트는 극도로 한정적이고, 설사 그런 자리가 있다고 한다고 해도 생계를 유지하기 위해서는 최소한 여섯 시간은 근무해야 한다.

보통 그러면 중간에 한 시간이 휴식 시간으로 빠진다.

즉, 아무리 빨라 봐야 근무 시작 시간은 오후 7시. 그리고 일곱 시간 근무라고 하면 오전 2시 근무 종료. 그리고 집에 가서 쉰다고 하면 오전 3시고, 국방부에서 정한 근무시간인 오전 9시까지 출근하려고 한다면 거리에 따라 달라지겠지만 일반적으로 오전 8시에는 출발해야 한다.

"말장난이죠. 사람을 이렇게 굴리면 그 사람은 과로로 죽습니다."

말로는 생계 곤란이니 아이를 배려한다느니 하지만 결국 악착같이 뜯어먹는 거다.

결국 말이 상근 예비역이지 아버지가 군대에 끌려가는 순간 자식이나 가족들의 인생의 질은 나락으로 떨어질 수밖에 없다.

"그걸 알면서도 그런다고요?"

"정부에서는 형평성을 문제 삼고 있지만요."

애초에 이런 상황의 사람에 대해 이해하지 못하는 사람은 드물다.

군대를 간다고 하면 20대 초반이라는 건데, 상근의 조건이 부양가족 둘이다.

즉, 애 둘 아니면 애 하나에 일하지 못하는 아내 같은 경우라는 소리다. 거기에다 조건이 재산 3,800만 원 이하.

이 상황에서 남편이 상근으로 끌려간다?

당장 기초 생활 수급자로 떨어질 수밖에 없다.

"거기에다 군 내에서 지랄맞은 놈을 만나면 퇴근도 힘들고요."

"네? 퇴근 가능하다면서요?"

"영내 대기라는 게 있거든요."

즉, 상근에게 비상사태를 대비해서 영내에 있으라는 건데, 문제는 이게 처벌 규정이 없는 일종의 지휘관 재량이라는 거다.

만일 지휘관이 3주 영내 대기를 때려 버리면 그 사람은 아이들이 굶는 걸 걱정하면서 나가지도 못하고 벌벌 떨어야 하고, 전화기를 붙잡고 사방에 빌고 빌어서 아이들을 받아 줄 곳을 찾아야 한다.

아이들은 사전에 말도 듣지 못한 채로 그냥 버려지는 셈이다.

그나마 할머니나 할아버지라도 있으면 급하게 챙기겠지만 그렇지 못한 경우는 애들은 굶어 죽으라는 소리다.

아버지가 20대 초에 군에 끌려갈 나이인데 애들 나이가 얼마나 되겠는가? 아무리 빨라 봐야 어린이집에 있을 나이다.

어린이집 입장에서는 결국 퇴근도 못 하고 그 애 하나를 붙잡고 있어야 한다는 소리고 말이다.

실제로 자기 마음에 안 든다는 이유로 세 달간 영내 대기를 명령했던 중대장이 있어 문제가 되기도 했다.

심지어 전투 대기라는 말로 아예 집에 가지 못하게 하는 경우도 있었다.

이게 법에 없는 애매한 규정이기에 결국 밤에 퇴근한 후 힘들게 번 돈으로 중대장이나 대대장에게 뇌물을 줘야 하는 상황까지 벌어지는 게 현재의 군이다.

그렇다면 그게 무슨 상근인가?

더군다나 이 모든 게 지휘관의 재량이다.

"영창과 같은 겁니다. 법률의 규정이나 근거 없이 마음대로 처벌하는 거죠."

"결국 가장 큰 문제는 책임져야 하는 국가가 책임지지 않는다는 것이로군요. 그 부분에 관해서는 이해했습니다."

무태식은 고개를 끄덕거리며 말했다.

사실 현역으로 군대를 갔다 온 사람들은 사회 복무 요원이나 상근에 대해 일종의 질투심을 가지고 있다.

그래서 인터넷에서 그들에 대한 처우 문제가 나올 때마다 '아니꼬우면 현역을 가든가.'라고 말하곤 한다.

"하지만 엄밀하게 말하면 그건 잘못된 거죠."

그들이 군 생활을 편하게 한 게 아니라, 군대에 가서는 안 되는데 간 거다.

"물론 그들을 못 가게 할 수는 없습니다."

노형진은 변호사이니 법을 고치는 건 그의 능력 밖의 일이다.

"하지만 그들이 노예 취급받지 않게 할 수는 있지요."

노형진의 목적은 바로 그것이었다.

"그러면 어쩌시려고요?"

"간단합니다. 그들의 신분을 이용해야지요."

노형진은 씩 웃으며 말했다.

⚖

사회 복무 요원은 법적으로 민간인이며 또한 준공무원이다.

그 말은 그가 사회적으로 누군가와 접촉하는 것은 불법이 아니라는 거다.

"특히나 여러분들이 업무와 관련해서 녹음이나 녹취를 하거나 증거를 남기는 행동이 불법은 아니라는 거죠."

노형진은 이번에는 돌려서 행동하지 않았다.

아니, 그럴 필요가 없었다.

애초에 노형진의 목적은 확실하게 그들을 묶는 것이니까.

"우리가 집중해야 하는 것은. 내부 고발자로서의 사회 복무 요원입니다."

노형진은 진지하게 말했다.

"사회 복무 요원이 하는 일은 사실 정해져 있습니다."

기본적으로 사회 복무 요원은 법적으로 할 일이 정해져 있다.

업무와 관련해서 그들이 할 수 있는, 말 그대로 업무의 보조다.

"하지만 현실적으로 사회 복무 요원은 거의 노예 취급되지요."

원래는 사회 복무 요원이 해서는 안 되는 일, 가령 동사무소 같은 장소에서의 행정 업무 또는 서무직 직원의 업무 등을 무조건적으로 맡기는 경우가 많다.

"그런 건 엄밀하게 말하면 형법상의 강요죄가 됩니다."

노형진은 쉬는 날 사회 복무 요원들을 모아 두고 그렇게 대응책을 설명하고 있었다.

"하지만 저항할 수가 없는데요."

사실 사회 복무 요원으로 교육받을 때 다들 이런 교육을 받는다.

하지만 현실적으로 현장에 와서는 그게 효과가 없다.

"저는 폐렴이 있는데도 불구하고 노가다를 시키던데요?"

폐렴으로 인한 사회 복무 요원이라고 하면 노가다는 심각한 문제다. 그런데 그걸 시킨다?

"그걸 어떻게 거절합니까, 군대로 끌고 간다는데."

복무 요원들의 볼멘소리. 불행히도 이건 개소리다.

"그들에게 무슨 권한이 있어서요?"

"네?"

"그들은 국방부 소속도, 그렇다고 병무청 소속도 아닙니다. 그들에게는 여러분들을 군으로 보낼 수 있는 권한이 없습니다."

사회 복무 요원에게 가장 많이 하는 협박이 이거다.

—너 그딴 식으로 하면 위에 보고해서 군대에 보내 버린다.

"하지만 현행법상 사회 복무 요원으로 한번 선발된 사람은 다시 현역으로 보낼 수가 없습니다."

"없다고요?"

"네, 그건 불가능합니다. 아, 물론 아주 불가능하지는 않지요. 하지만 여러분이 아주 막장으로 행동하고 그사이에 여러분들의 병이 치료되면요."

사회 복무 요원이 막장으로 행동한다고 해서 군대에 간다?

'군대가 미쳤어?'

군대는 책임지지 않으려고 발악하는 집단 중 하나다.

당연하게도 언제 발병할지 모르는 사회 복무 요원을 받으려고 하지 않는다.

"받았다가 사망 사고라도 나면 군대 작살나거든요."

그렇잖아도 군에 가서는 안 되는 사람들까지 끌고 가는 바람에 욕먹는 상황에서 멀쩡하지도 않은 사회 복무 요원을 군으로 끌고 간다?

"그러면 위에서 말하는 건?"

"우리 과장은 매일 입에 그 말을 달고 살던데?"

"난 우리 과장 집에 가서 명절 내내 전만 부쳤다니까."

복무 요원들은 불만에 찬 목소리로 한탄하듯 말했다.

"그들이 군대로 보낸다고 한다? 그건 명백한 협박입니다. 그리고 저는 그걸 알기에 여러분들에게 모여 달라고 한 겁니다. 그걸 고치기 위해서요."

"그걸 고치기 위해서라고요?"

"그렇습니다."

노형진은 미리 준비한 녹음기를 하나씩 그들에게 건넸다.

"공무원들은 기본적으로 여러분들을 인간이 아닌 노예로 봅니다."

"그것까지는 아닌 것 같은데요."

"그래요? 그러면 여기서 노예 취급받았다고 생각하지 않는 분 손들어 보세요."

그러자 복무 요원들은 서로 눈치를 보면서 손을 들지 않았다.

'그렇지, 세상이란 그런 거지.'

세상에 열 명이 모이면 한 명은 병신이라는 말이 있다.

그들이 일하는 곳에 열 명의 근무원들이 있는데 그중 한 명이라도 그들을 노예 취급하면서 부려 먹는다면, 당하는 복무 요원의 입장에서는 그놈만 미친놈인 것이 아니라 일하는 그곳이 엿 같다고 인식되는 상황이 되어 버린다.

그러나 거기에 좋은 사람이 없다는 것과 거기서 노예 취급 받는다는 것은 전혀 다르다.

"더군다나 여러분들은 과도한 업무에 몰리고 있지요. 그렇지 않나요?"

"그건⋯⋯."

"여러분들의 일은 업무 보조입니다. 그런데 그 업무 보조라는 게 규정이 애매하죠."

가령 근무원 한 명이 업무를 5만큼 한다고 치자.

그런데 사회 복무 요원의 업무는 그를 보조하는 것이다.

그러면 그는 복무 요원에게 1만큼의 업무를 보조하라고 시킨다.

"문제는 여기에 한계라는 게 없다는 거죠."

사회 복무 요원의 가장 큰 문제점 중 하나. 그 업무의 한계성이 없다는 것.

한 사람이 할 수 있는 업무의 양이 5인데 그곳에서 업무를 하는 사람이 열 명이면 죄다 1씩 가져다 맡겨 버린다.

그나마 1씩만 가져다 맡기면 양심이라도 있는 거다.

아예 자기 업무 자체를 넘겨서 5씩 맡기는 사람도 있다.

"아, 씨발. 내가 딱 그 짝인데."

"나도 그래요. 씨발, 누구는 노는 줄 아나?"

"좀 앉아 있으면 땡땡이친다고 지랄이란 말이야."

그건 사회 복무 요원이라는 이유로 착취당하는 현대의 시스템이다.

"문제는 그 업무의 부여가 제각각이라는 거지요. 여기서 당한 분들이 계실 겁니다."

만일 누군가가 자기 업무를 사회 복무 요원에게 떠넘겼을 때 문제가 생기면 그걸 뒤집어쓰는 건 사회 복무 요원이다.

실제로 많은 복무 요원들이 그로 인한 처벌로 원하지 않는 복무 기간 연장이 이루어진다.

사회 복무 요원의 처벌은 복무 기간 연장이니까.

"그런데 여러분들이 그들에게 당할 이유가 있나요?"

"하지만 군인인데……."

"여러분들은 군인이 아닙니다. 민간인이에요. 문제가 생기는 경우에 여러분들은 경찰을 부를 수 있고 민사소송을 할 수 있으며 업무상배임으로 공무원들을 고발할 수 있는 민간인입니다."

"네?"

"물론 이런 걸 절대 교육 기간에 알려 줄 리가 없지요."

교육 기간에 민간인이라고 알려 주기는 할 것이다.

하지만 그 부분은 흐릿하게 설명하며, 그 과정에서 사회 복무 요원은 자신들이 군 생활을 대신해서 하기 때문에 군인이라고 생각하기도 한다.

"그러면 저희는 군형법 대상이 아닌 거예요?"

"아닙니다."

"헐?"

"우리 부장이 나만 보면 군형법 어쩌고 하면서 감방에 가고 싶냐고 하던데."

"그건 명백하게 협박입니다."

그 말에 당황해서 서로를 돌아보는 사람들.

노형진은 그들에게 차분하게 말했다.

"공무원은 국민의 종복이라고 하지요. 그리고 여러분은 민간인, 즉 국민입니다. 당연히 국민으로서 민원을 넣을 자격이 있지요."

노형진이 그들에게 원하는 것은 단 하나다.

"즉, 여러분들이 내부 고발을 하는 것에 대해 그들이 저항하거나 불만을 가질 수 없다는 겁니다."

"그런데 그런다고 해서 뭐가 바뀌나요?"

"바뀌죠. 여러분들이 내부 고발을 한다면 그들이 여러분들에게 예민한 업무를 시키려고 할까요?"

"어…… 그러네?"

업무를 넘기는 것도 불법이고, 정해진 것 이외의 일을 시키는 것도 불법이다.

결과적으로 그들은 법적으로 정해진 일만 시킬 수 있게 된다.

"이야기를 들어 보니 공익의 입장에서는 어딘가에서는 꿀을 빨고 어딘가에서는 좆뱅이 친다고 하더군요. 물론 차이가 있을 수 있지요. 하지만 한쪽이 극단적으로 힘들다는 건 그곳에서 여러분들에게 불법적으로 일을 시키고 있다는 걸 의미합니다."

다른 공익이 번쩍 손을 들었다.

"그러면 저희가 그것에 대해 고발하거나 민원을 넣으면 어떻게 되는 거지요?"

"다른 곳에 배치됩니다. 여러분들이 생각하는 것처럼, 그들이 불만을 이야기한다고 해서 여러분들이 군에 끌려가지는 않아요."

"그랬단 말이야?"

몰랐다는 듯 당황하는 사람들.

"그러니 시키는 대로 하지 마세요. 녹음하고, 작업 명령서를 받고, 업무 기록을 남기십시오."

"그 후에는요?"

"그 후에는 여러분들의 선택입니다. 그걸 바로 터트려도 되고 전역 후에 터트려도 됩니다. 당연히 그걸 터트리는 순간 아마 여럿이 피를 보게 될 겁니다."

노형진의 말에 사회 복무 요원들의 얼굴이 환해졌다.

⚖️

"야! 공익!"

전창걸은 공익이다.

그는 신장병의 후유증으로 공익으로 빠졌다.

그러나 그는 차라리 군에 가기를 원한 게 한두 번이 아니었다.

"너 이것 좀 해라."

전창걸에게 건네지는 업무 서류. 그건 예산 편성에 관한 서류였다.

당연하게도 그건 일개 사회 복무 요원이 할 수 있는 일이 아니다.

"너, 내 계정이랑 비번 알지? 내일까지 해서 올려라."

"저기, 이건 제 업무의 영역을 넘는 것 같은데요."

사회 복무 요원의 업무의 한계는 명백하게 업무의 보조다. 남의 계정까지 써 가면서 업무를 할 수는 없다.

물론 사회 복무 요원에게는 애매한 규정이 있다.

겸임 가능 조항과 행정 지원이 바로 그것이다.

겸임 가능은 복무 요원에게 일이 몰리는 가장 큰 이유 중 하나다. 어떤 업무를 하면서 다른 업무를 함께할 수 있다는 이야기니까.

행정 지원의 경우도 코에 걸면 코걸이, 귀에 걸면 귀걸이다.

"하지만 이건 아예 그 기준을 넘어서잖아요?"

그런데 계장의 말은 아예 자기 일을 하라는 수준이다.

"아, 씨발. 야, 공익. 너 시키면 시키는 대로 하라고 했지?
내가 위에 보고할까? 어? 어디 한번 군에 끌려갔다 올래?"

"아니, 그게 아니라, 이건 아무리 봐도 제 업무의 영역을
넘는 것 같아서……."

"시키면 좀 시키는 대로 해."

눈을 찡그리면서 나가는 남자.

그러자 옆에 있던 여자가 소리를 빽 질렀다.

"공익 좀 그만 부려 먹어요!"

"아, 뭐 어때서요?"

"저도 시킬 게 많은데 계장님이 맨날 부려 먹으니까 제가
시킬 일을 못 시키잖아요!"

"그냥 시키세요. 알아서 하겠지요."

전창걸은 이를 빠드득 갈았다.

'이것들이 진짜.'

하긴, 이런 게 한두 번이 아니다.

저들은 그를 진짜 노예로 쓴다.

"저기, 업무가 많아서 도저히 기한에 못 맞출 것 같은데요."

"잔업이라도 해서 해 놔라. 아, 그리고 이따가 나 잔업 찍
는 거 잊지 말고."

"네."

"아, 잔업할 거면 이것도 같이."

그러면서 일거리를 던져 주는 여자.

그들은 저녁을 먹겠다면서 나갔다.

물론 말이 저녁이지 이대로 퇴근하는 거다.

"니미, 씨벌."

툴툴거리는 전창걸. 그는 그렇게 일을 하면서도 계속 그걸 몰래 사진을 찍기 시작했다.

다행스럽게도 그는 민간인이기 때문에 핸드폰을 가지고 다니는 데 하등 문제없었고, 그 핸드폰으로 사진을 찍어서 증거를 남기는 건 어렵지 않았다.

"이 쌍놈들, 두고 보자."

그가 눈을 번뜩이는 사이 누군가 그에게 다가왔다.

"선배님!"

"우아악! 씨발, 깜짝이야!"

"뭐 하십니까?"

"아, 보면 모르냐? 그나저나 넌 퇴근이냐?"

"저도 잔업입니다."

"쌍놈의 새끼들, 모조리 불륜으로 붙어먹었나?"

"어? 그럴지도 모르겠는데요?"

"뭔 소리야?"

"아니, 지금 김 계장이랑 박 계장 나간 거 아닙니까?"

"그런데?"

"둘이 만지작만지작하는 게 장난 아니던데요?"

전창걸의 눈이 묘하게 휘었다.

"그거 사실이야?"

"네. 제가 왜 거짓말을 하겠습니까?"

하긴, 공무원 세계에서도 불륜이 없을 수가 없다.

물론 공무원이라는 특성상 걸리면 타격이 어마어마하다.

하지만 인간이라는 게 결국은 본능에 따라 움직이는지라 그런 사람들이 있었다.

"어…… 이것도 내부 고발로 되나?"

고민하기 시작하는 전창걸.

"글쎄요. 일단 우리가 모아서 가지고 가 보면 알지 않겠습니까?"

"그렇겠지?"

중요한 건, 자신들이 편해지기 위해서는 마음을 독하게 먹어야 한다는 거다.

"좋아, 이 새끼들. 얼마나 붙어먹는지 두고 보자."

이를 박박 갈면서 전창걸은 그들을 조용히 따라다니기로 마음먹었다.

⚖

진소희는 이름과 다르게 남자다. 그리고 공익이다.

소위 말하는 돼공. 그러니까 돼지 공익.

물론 사회 복무 요원이라고 바뀌기는 했지만 그렇다고 해서 대우가 달라진 건 아니다.

"야, 돼지 새끼야!"

그를 부르는 별명, 돼지 새끼.

'아, 씨발. 진짜.'

물론 그가 과도하게 살이 찐 것은 사실이다.

어지간히 살찐 사람은 일단 입대시키고 나서 살을 빼게 할
정도로 현역으로 데리고 가려고 하는 현재의 상황에서 공익
으로 빠질 정도면 어마어마한 몸무게는 맞다.

하지만 대놓고 돼지 새끼라니.

빡.

그 순간 뒤통수에서 느껴지는 강렬한 충격.

고개를 들어 보니 비웃는 얼굴로 누군가 서 있다.

"돼지 새끼가 불러도 대답을 안 해?"

"저 돼지 아니거든요?"

"돼지를 돼지라고 부르지, 그러면 뭐라고 불러?"

진소희는 한숨을 푹 쉬었다.

이렇게 무시당한 게 어디 하루 이틀 일인가?

'돌겠네, 진짜.'

공익이라고 해서 다 대우가 똑같은 건 아니다.

그나마 그의 선임은 몸은 멀쩡하게 보이고 얼굴은 잘생긴
편이라 그다지 터치하지 않는다.

하지만 그는 소위 말하는 돼공.

문제는, 이곳은 그 외모로 심각하게 차별한다는 것이다.

"자꾸 돼지처럼 처먹으니까 살이 찌지."

"제가 살찌는 건 병 때문이라고요!"

그가 살이 찌고 싶어서 찐 게 아니다. 나름 다이어트도 해 봤고 운동도 해 봤다.

하지만 그의 살은 빠지지 않았고, 건강검진 결과 쿠싱증후군이라는 사실이 드러났다.

쿠싱증후군의 증세 중 하나가 바로 무차별적으로 찌는 살이다.

"지랄한다. 돼지 새끼가 일도 제대로 안 하고."

"지난번에 주신 거 다 했어요."

"누가 놀래? 어? 일이 없으면 찾아서 해야 할 거 아냐!"

"공익이 일을 어떻게 찾아서 해요?"

"얼씨구? 그렇게 처먹고 놀 생각만 하니까 살이 뒤룩뒤룩 찌지."

키득거리는 사람을 보면서 진소희는 이를 박박 갈았다.

지금 여기서 그를 갈구는 사람들만이 문제가 아니었다.

여기저기 자신을 비웃는 눈빛으로 바라보는 사람들이 문제였다.

'선배들이 절대 얼굴로 판단하는 곳에 가지 말라고 하더니.'

하지만 그게 마음대로 되겠는가?

그가 배치된 곳은 유독 미남 미녀가 많았다.

사실 그건 문제가 안 된다.

문제는 그들이 진소희를 콕 집어서 대놓고 혐오하기 시작했다는 것이다.

즉, 진소희는 이 부서 내부에서도 왕따를 당하는 것이다.

"시킬 거 있으면 그냥 주세요. 할게요."

"좀 찾아서 하라고."

"돼지 새끼, 진짜 말 많네."

혐오를 감추려고도 하지 않는 사람들을 보면서 진소희는 이를 악물었다.

한두 명도 아니고 모두가 그를 왕따시킨다.

그냥 2년을 참을까 했다. 하지만 이제는 상황이 바뀌었다.

"돼지라고 부르지 마세요."

"돼지를 돼지라고 부르지 뭐라고 불러? 호호호."

그 말에 무섭게 노려보는 진소희.

그러자 그의 뒤통수를 때리는 남자.

"돼공 새끼가 어디서 눈을 부라려?"

진소희는 그런 부서 사람들을 보면서 주머니 속에 있는 녹음기를 꽉 잡았다.

"이게 장난하는 것도 아니고."

사회 복무 요원은 단순히 동사무소나 구청에서만 근무하는 게 아니다.

복지 요원으로서 복지시설에서도 근무하는데, 그 복지시설의 경우는 가장 힘든 곳 중 하나로 분류된다.

대부분의 복지시설이 사회적으로 복지시설의 가면을 쓰고 내부에서는 이익을 위해 가족끼리 결탁해서 이사나 대표 자리를 차지하기 때문이다.

"그래도 이건 아니지."

고아원에서 일하는 사회 복무 요원은 나오는 음식을 보면서 혀를 끌끌 찼다.

오늘 나오는 건 짜장밥이다.

그런데 짜장이라고는 진짜 개미 눈곱만큼밖에 없다.

그마저도 짜장이라기보다는 짜장국에 더 가까울 정도로 묽다.

더군다나 계란국이 함께 나와야 하는데 이 계란국이라는 게 계란은 눈곱만큼도 들어 있지 않다.

나머지 반찬은 단무지인데 고작 세 조각이다.

"하루 이틀도 아니고 말이지."

사실 그는 여기에 배치받고 나서 지랄맞다고 생각했다.

그런데 노형진의 말을 듣고 나서 생각이 바뀌었다.

그는 어차피 손해 볼 게 없는 공무원이자 실무자다.

내부 고발을 하면 그는 다른 곳으로 가서 남은 6개월을 채워야 하지만, 그 대신 여기에 있는 고아들은 제대로 먹을 수 있게 되는 것 아닌가?

"오늘 저녁은 일단 찍어 두고."

슬쩍슬쩍 조리 장면과 수량을 찍어 두는 사회 복무 요원. 그리고 오늘 서류에 정리된 소비용품도 찍어 뒀다.

물론 실제로는 그렇게 소비되었을 리가 없다.

'왔네.'

물건이 들어오면 주변 식당에서 싼 가격에 사 가서 쓴다.

그리고 대표는 그 돈을 받아 자기 주머니를 채운다.

'얘들아, 내가 확실하게 밥 많이 먹여 줄게. 큭큭큭.'

그는 며칠 후에 있을 일을 생각하면서 속에서 밀려 올라오는 웃음을 참기 위해 노력했다.

⚖️

"와, 미친. 이게 정상적인 국가예요?"

고연미는 노형진과 함께 공익이 가지고 온 증거들을 정리하는 업무를 담당하기로 했다.

스스로 군에 대해 잘 모르기에 한번 배워 보겠다고 나선 것이다.

그리고 그 현실을 봤을 때 구역질이 날 수밖에 없었다.

"이렇게 썩었다고요?"

"공무원 조직이 멀쩡하면 그게 이상한 거죠."

내부에 감사 시스템이 있어도 제대로 굴러가지를 않으니 당연히 문제가 생길 수밖에 없다.

"그런데 이걸 공익한테 그냥 보여 준다고요? 아니, 불륜까지 그대로 보여 줘요?"

"그게 그들이 공익, 아니 사회 복무 요원을 노예로 본다는 증거입니다."

만일 그들을 일반적인 동료로 여기거나 또는 추후에 민간인이 되는 걸 감안한다면 그렇게 대할 수가 없다.

"하지만 대부분의 사람들은 그게 끝나면 '에이, 씨발. 더러워서 그쪽으로 쳐다보지도 않는다.'라는 식으로 대응하고 말거든요."

실제로 노형진이 만든 예비역 단체도 초창기에는 제보가 많이 들어왔지만 지금은 그다지 많지 않다.

많이 깨끗해졌다기보다는, 초반에는 이슈가 되면서 제보가 많이 들어왔지만 지금에 이르러서는 제대한 후에 엮이고 싶지 않다는 생각이 더 커진 것이다.

"아! 그랬네요. 그것도 노 변호사님이 만드신 거죠?"

"네, 맞습니다."

제대한 후에는 어차피 민간인이니, 민원을 하거나 고발해도 문제없다.

그렇다 보니 과거에 비해 군에서 병사를 노예 취급하거나 돈을 횡령하는 걸 대놓고 하는 경우는 적어졌다.

그랬다가 걸리면 신고가 들어오니까.

"공익, 아니 사회 복무 요원이 이제는 사회적인 고발을 대신하는 거군요."

"맞습니다. 사회적인 암행어사라는 거죠."

그들이 일하고 있는 곳은 많다.

그리고 그들에게 막 대하는 놈들도 많다.

하지만 이제는 그런 자들에게 지옥이 찾아갈 것이다.

"이 문제를 터트렸을 때 과연 그쪽에서 뭐라고 할까요, 후후후. 좋은 게 좋은 거? 전혀 그게 아니라는 걸 보여 줘야지요, 후후후."

얼마 후 노형진과 새론은 그들에게 받은 자료를 가지고 정식으로 고발을 진행했다.

물론 그 조직들은 난리가 났다.

어찌 되었건 공익은 내부 인물이고, 내부에서 벌어지는 부조리에 대한 고발을 할 수 있는 사람이니까.

"야! 너 어떻게 이럴 수 있어!"

전창걸의 멱살을 잡고 들어 올리는 남자.

"왜 이러십니까?"

"왜 이러십니까? 너 고발하고 멀쩡하게 제대할 수 있을 것 같아? 어? 당장 그거 취소 안 해?"

"저야 멀쩡하게 제대하겠지요."

어깨를 으쓱하는 전창걸.

어차피 막나가기로 한 거다.

그의 고발 내용은 생각보다 심각했다, 업무상배임에 불륜까지.

현실적으로 공무원에게는 품위 유지의 의무가 있다.

하지만 불륜을 하는 경우 당연히 그 의무 위반으로 징계가 들어간다.

하물며 이번에는 양쪽 다 유부남에 유부녀다.

"제가 잘못했나요? 아니, 공무원으로서 해서는 안 되는 걸 해서 신고한 것뿐인데."

"너, 이 새끼. 내가 너 같은 새끼 군대 못 보낼 줄 알아!"

졸지에 불륜이 걸려서 이혼하게 된 계장은 길길이 날뛰었다.

하지만 전창걸은 단호했다.

"해 보세요."

"뭐?"

"이미 변호사한테 알아봤어요. 그럴 권한도 없다면서요? 더군다나 이건 내부 고발이고, 내부 고발자에 대한 불이익은 법으로 금지되어 있는 거 모르세요? 해 보세요."

이것이 삶이다

계장은 뒤로 주춤주춤 물러났다.

지금까지 자신이 협박하던 그 사람이 아니라는 느낌이 확 온 것이다.

"왜 당신이 바람피운 걸로 나한테 뭐라고 하십니까? 그냥 조용히 이혼소송 준비나 하세요."

이죽거리는 전창걸. 그리고 그걸 본 계장은 얼굴이 붉어졌다.

"이 새끼가!"

주먹을 휘두르는 계장. 그리고 그에 맞고 쓰러지는 전창걸.

"이 개 같은 새끼!"

"하."

전창걸은 피식 웃었다.

예상했던 일이다.

저 인간들이 자신을 인간으로 본 적이나 있던가?

전창걸은 주저하지 않고 핸드폰을 꺼내서 경찰에 전화를 걸었다.

"여보세요. 거기 경찰이지요? 제가 지금 보복 폭행을 당했거든요."

"겨, 경찰!"

때린 계장은 순간 사색이 되었다.

공무원의 보복 폭행은 단순한 품위 유지 의무 위반과는 비교도 못할 잘못이다.

　품위 유지는 기껏해야 감봉이겠지만 보복 폭행은 최소한 해직, 최악의 경우 파면.

　"자, 잠깐! 창걸아……!"

　"당장 와 주세요."

　하지만 전창걸은 절대 멈출 생각이 없었다.

⚖

　"미안하다, 소희야. 내가 잘못했다."

　"어, 그러니까 밥그릇을 내려놓으시면 됩니다."

　노형진은 진소희의 변호사로서 그들을 찾았다.

　"지난 몇 년간의 명예훼손. 그리고 물리적 정서적 폭행."

　노형진은 그가 살이 쪘다는 이유로 사람 취급을 하지 않던 공무원들에게 철퇴를 내렸다.

　"형법상의 폭행 및 명예훼손 그리고 모욕 등으로 여러분들을 정식으로 고발했습니다."

　"내가 그러려고 그런 게 아니야."

　"피해자에게 뭐라고 하지 마세요. 이 사건은 지금부터 제 소관입니다."

　노형진은 진소희에게 접근하려는 사람들을 막았다.

　"아니, 그게 아니라요……."

"왜요? 이제 해직당할 생각하니까 다급하신가 봐요?"

"해, 해직이라니요?"

"집단 모욕과 명예훼손인데 해직이 안 나오겠어요?"

"아······."

다들 눈을 데굴데굴 굴렸다.

"아니면 누구 한 명이 책임지시든가."

노형진은 피식 웃으며 말했다.

'공익 하나 조져서 자기들끼리 내부 결속하면 편할 줄 알았지?'

실제로 그런 조직이 많다.

대표적인 예가 바로 일본의 이지메다.

한 명을 조직에서 공격함으로써 내부 결속을 강하게 하는 이지메는 사회적으로 심각한 문제다.

'그리고 알게 모르게 사회 복무 요원들에게 이루어지고 있는 일이고.'

물론 모든 사람들에게 그런 일이 벌어지지는 않는다.

하지만 소위 말하는 '돼공', 즉 과다한 몸무게로 인해 공익으로 온 사람들의 경우 시각적으로 혐오감을 불러일으키는 경우가 많다.

특히나 쿠싱증후군은 몸은 살이 찌는데 손과 발은 마르는 기형적인 질병이기 때문에 더더욱 혐오감이 심하니, 그 혐오감을 가지고 진소희를 공격한 것이다.

"누구 한 명이 책임지세요."

"김 과장님이 책임지세요!"

"아니, 내가 왜?"

"가장 많이 괴롭혔잖아요!"

"내가 언제!"

서로 싸우기 시작하는 그들을 보면서 노형진은 피식 웃었다.

그들이 저렇게 싸우기 시작했지만 사실 노형진은 누구도 풀어 줄 생각이 없으니까.

'잘 싸워 봐라, 후후후.'

⚖

"엄청 단시간 내에 지위가 바뀌었어요."

공익. 아니, 사회 복무 요원.

사회조직에서 노예 아닌 노예로 인식되던 분위기가 단 며칠 사이에 공포의 대상으로 변했다.

내부에 있고 그가 발령받아서 들어간 이상 그를 현장에서는 마음대로 자를 수가 없었다.

당연히 사회 복무 요원은 거기에서 업무를 하면서 여러 가지 정보를 얻는다.

"그리고 그게 제대로 쓰기 시작하면 어마어마한 무기가 되지요."

지금까지 사회 복무 요원들은 그 무기를 휘두르지 않았다.

아니, 자신들이 무기를 가지고 있는 줄도 몰랐다.

"하지만 사회 복무 요원들이 내부 고발자로 나서기 시작하면 상황이 바뀌지요."

과거처럼 공익이라고 부르면서 마구 부려 먹지도 못하고 또 당당하게 불법을 행사하지도 못한다.

더군다나 법적으로 준공무원이기는 하지만 다른 공무원들과 다르게 어차피 2년이라는 시간이 지나면 일반인으로 돌아가기에 끼리끼리 뭉치는 것도 없다.

공무원들은 계속 봐야 하니까 서로 얼굴을 붉히지 않으려고 한다.

하지만 공익은 그럴 이유가 없다. 어차피 2년 후면 다시는 안 볼 사람들이다.

"의외인 것은 국방부, 아니 병무청이네요. 이 새끼들이 뭐래요?"

"다급한 거죠."

병무청에서는 공익을 모아서 내부 고발 금지라는 황당한 교육을 하기 시작했다가 그걸 내부에서 고발한 다른 공익에 의해 가루가 되도록 까이고 있었다.

"그렇다고 법적으로 보내도록 되어 있는 사람들을 안 보낼 수는 없고요."

결국 대부분의 조직은 그렇게 품 안에 임시직 핵폭탄 하나씩 품고 일하게 된 것이다.

　　"이제는 공익, 아니 사회 복무 요원에게 막나가지는 못할 겁니다."

　　노형진은 자신 있게 말하며 웃었다.

　　"생각이 바뀌면 대우가 달라지는군요."

　　고연미는 탄성을 낼 수밖에 없었다.

　　군대를 경험하지 않은 그녀로서는 이 모든 게 낯선 일이니까.

　　"우리는 노예가 아니니까요."

　　노형진은 국민 중 누구도 노예로 만들 생각이 없었다.

　　"당분간 하늘 쪽에서 일이 미어터지겠네요, 후후후."

　　노예해방은 지금부터 시작이었다.

과거에 사로잡히다

　한류, 전 세계를 휩쓰는 한국 문화의 힘.

　누군가는 자랑스러워한다.

　아니, 자랑스러운 일은 맞다.

　하지만 그 안에 영혼이나 철학이 없다면, 그리고 그 안에 자존심이 없다면?

　한류는 그저 허상이며 거품일 뿐이다.

　마치 지금처럼 말이다.

　"어떻게 안 되겠습니까?"

　사색이 된 주장원 사장의 말에 노형진은 혀를 끌끌 찼다.

　"저희가 왜 성 상납을 금지했는지 모르시는 겁니까? 돈이 된다 싶어서 저희 조합에서 나가더니 이제 와서 살려 달라고 빌어요? 저희가 무슨 호구로 보이나요?"

세계적 한류 그룹 걸스쿨.

한류는 좋다.

그러나 주장원 사장은 후안무치한 인간이었다.

"저희는 못 도와드립니다."

"제, 제발…… . 이렇게 빌겠습니다."

"저희를 속이고 나갈 때는 그렇게 뒤통수를 치더니 이제 와서 도와 달라고요? 사람을 호구로 봐도 유분수지."

엔터테인먼트조합은 중소 엔터테인먼트들의 협동체이며 노형진이 만든 자구 단체다.

원래 역사에 없었던 사람들도 그곳 덕에 성장하여 크게 성공하기도 했다.

그래서 한류는 원래 역사보다 훨씬 더 강하게 퍼지고 있었다.

"주장원 씨가 나갈 때 하신 말은 저도 잊지 않고 있습니다."

주장원은 그러한 조합의 힘으로 성공한 사람 중 한 명이었다.

그런데 그는 조합을 배신했다.

물론 조합이라는 특성상 가입과 탈퇴가 자유롭다.

그리고 조합은 대룡 덕분에 개조한 학교에서 연습실과 녹음실 그리고 직원이 지원되기 때문에 작은 소속사에는 구원의 손길이다.

하지만 규모가 커지고 인기가 많아지면 연습실과 녹음실은 따로 준비해야 한다.

이것이 법이다

직원 역시 전담으로 따로 배치해야 하고.

그래서 노형진은 규칙을 만들었다. 조합에 적을 두기 위해서는 따로 돈을 지급해야 하는 걸로.

그런데 그게 비율 정산인지라, 성공한 가수가 있으면 그 비용이 어마어마해진다.

주장원의 베스트엔터테인먼트는 그 돈이 아까워서 걸스쿨이 대박 친 후에 이탈했다.

지금까지 많이들 그랬고 당연한 수순이었으니까.

엔터테인먼트도 기업이고, 기업은 이윤을 추구한다.

더군다나 작은 회사가 성장한다는 것은 라이벌의 등장을 의미한다.

그래서 몇몇은 의리를 지킨다고 크게 성공했어도 나가지 않았지만, 보통은 어느 정도 성장한 후에는 조합에서 나가서 따로 활동하는 게 일반적이었고 그걸 노형진도 나쁘게 생각하지 않았다.

애초에 조합을 만든 이유가 일종의 보육실이고, 자립할 수 있는데 자기들이 도와줄 이유는 없다.

"그런데 당신은 나갈 때 뭐라고 했습니까? 거지새끼들? 다시는 보지 말자? 그러고도 지금 도와 달라는 말이 나옵니까?"

"그, 그건……."

그런데 주장원은 도를 넘었다.

성공해서 나가는 그를 축하해 주는 사람들에게 고맙다는 말 대신에 거지새끼들이라고 한 것이다.

한때 그들과 동고동락하며 어떻게든 한 명이라도 방송에 내보내려고 하던 그가 그렇게 돌변하자 많은 사람들이 배신감을 느꼈다.

"그, 그때는 미안했습니다. 제가 술에 취해서……."

"술이 없는 말을 만들어 내지는 않습니다. 가슴속에 있는 말을 끄집어내지요. 당신이 우리를 거지새끼라고 부른 건 당신이 그렇게 생각했기 때문입니다."

"……."

주장원은 아무런 대꾸도 못 했다. 그 말이 사실이니까.

'내가 얼마나 주취 감형을 싫어하는데.'

술에 취하면 일단 처벌을 약하게 해 주는 한국.

그걸 이용하기 위해 술을 마시고 사람을 죽인 후 '나는 술에 취해 있었다.'라고 주장하는 미친놈들이 많다.

하지만 술은 내면을 드러낼 뿐이지 없는 걸 만들지는 않는다.

술 마시고 한 실수? 그건 개소리다.

"제발…… 우리 걸스쿨 애들이 불쌍하지도 않으십니까?"

"웃기는군요."

노형진은 코웃음을 쳤다.

'내가 이렇게 나올 줄 알았지.'

노형진이 엔터테인먼트조합을 만든 것은 엔터테인먼트 사장들이 불쌍해서가 아니다.

그 밑에서 일하는 연습생들이 불쌍해서 조합을 만든 거다.

연습생들은 꿈을 위해 청춘을 불사른다.

누군가는 그런 모습을 보고 딴따라라 모욕할지도 모른다.

그렇다면 그 애들이 그 시간을 허비하면 그만큼 뒤처지는 걸 모를까?

아니다. 누구보다 잘 알기에 하루에 여덟 시간씩 춤추고 노래하는 것이다.

누군가는 그런 그들의 노력을 폄하할지 모른다, 인생을 쉽게 살려고 한다고.

그러나 언제 데뷔할지 모르는 상황 속에서 여덟 시간 내내 춤추고 노래하는 것이, 여덟 시간 자리에 앉아서 공부하거나 아르바이트를 하는 것보다 결코 덜 힘들지는 않을 것이다.

연습생들 중에서 어차피 만만하게 보고 덤볐던 애들은 1년 차에 나가떨어진다.

그 이상 남아 있는 애들은 진짜 그거 하나만 바라보고 인생을 거는 거다.

그게 불쌍해서 노형진이 조합을 만든 것이고.

'그리고 주장원은 그걸 알지. 아니, 다 그걸 알지.'

그렇기에 애들을 파는 거다.

아니, 애들을 인질로 삼는 거다.

'이 애들이 불쌍하지도 않냐? 너희가 도와주지 않으면 이 애들은 파멸한다.' 하고.

'지랄하고 자빠졌네.'

노형진은 그런 뻔한 속임수에 속아 넘어갈 사람이 아니다.

"불쌍하죠. 하지만 당신은 불쌍하지 않습니다."

"네?"

"내가 그 애들은 따로 구해 줄지언정 당신을 도와주지는 않을 거라는 거지."

이를 드러내면서 웃는 노형진.

하지만 그 미소는 살벌하다 못해 차가웠고, 그걸 본 주장원은 사색이 되었다.

"주장원 이 미친놈을 어떻게 엿을 먹이죠?"

노형진은 이번 일에 함께하자고 고연미를 설득했다.

장기적으로 그 혼자 엔터테인먼트의 고문 변호사로 활동하기에는 규모가 커지면서 사건도 많아지고 있었기 때문이다.

더군다나 고연미는 원래 걸 그룹 출신인지라 연습생들을 잘 이해하고 그들을 도와줄 생각이 충분히 있었다.

공감이 되니까.

그런 그녀에게 주장원은 죽이고 싶은 놈이었다.

"어쩐지 이상하다 싶었습니다."

주장원이 가진 베스트엔터테인먼트에 속한 걸 그룹 걸스쿨.

그들은 한국보다는 중국에서 먼저 떴다.

그래서 한국에서는 그다지 인지도가 없다.

사실 그런 경우가 없는 것도 아니고, 중국에서 먼저 떴다면 한국에서 굳이 활동할 필요가 없기는 하다.

아이러니하게도 한국은 치열한 경쟁으로 인해 그 수준은 높은 데 반해 다른 곳보다 시장성 자체가 높은 건 아니니까.

당장 중국과 일본에서 한 번 행사하는 게 한국에서 서너 번 행사를 하는 것보다 훨씬 더 많이 번다.

"그런데 이게 주장원의 짓거리 때문인 줄은 몰랐네요."

"엔터테인먼트조합도 해외시장까지 커버할 정도로 능력이 되는 건 아니니까요."

엔터테인먼트조합에서는 성 상납과 기타 범죄가 금지되어 있다.

그런데 주장원은 중국에서 성 상납을 하면서 온갖 부패 정치인들에게 걸스쿨을 돌렸고, 그 덕분에 걸스쿨이 방송에 거의 고정 출연하면서 뜰 수 있었던 것.

"멍청하긴."

노형진이 알려고 했다면 어떻게든 알아냈을 테지만 주장원이 그 사실을 철저하게 숨긴 것이다.

그리고 상황은 주장원의 생각과 다르게 돌아가기 시작했

다.

그에게 성 상납을 받은 정치인들이 몰래카메라로 그걸 녹화했던 것. 그리고 그걸 빌미로 협박하기 시작했다.

그들의 요구는 다름 아닌 걸스쿨을 중국 기업에 통째로 넘기는 것.

그것도 아무런 조건도 없이, 무조건 말이다.

주장원의 입장에서는 전 재산을 날리는 꼴이 되기 때문에 어떻게든 해 보려고 했지만, 그들은 만일 거절하면 해당 영상을 공개하겠다고 으름장을 놨다.

그래서 어떻게 할 수 없다고 생각한 주장원이 다급하게 노형진에게 달려와서 구원을 요청한 것이다.

"차라리 가만두는 게 어때요? 주장원 그놈도 괘씸하고, 걸스쿨 자체도 결국은 중국이 주요 활동 무대잖아요."

"정상적인 구조라면 차라리 그렇게 하겠습니다."

노형진은 긴 한숨을 쉬었다.

그 미친 짓을 하고 자신을 속인 주장원?

하나도 불쌍하지 않다.

그놈이 망하든 말든 그는 신경도 쓰지 않는다.

"주장원이야 뭐 어찌 되든 상관없지만 애들이 불쌍해서요."

노형진은 긴 한숨을 내쉬면서 계약서 번역본을 내밀었다.

그걸 받아 든 고연미는 읽어 보고는 어이가 없었다.

이것이 법이다

"이거 정상적인 계약서가 아닌데요?"

"정상적이겠습니까? 주장원 그 멍청한 새끼도 날려 버리려고 작정했는데."

이 번역본에 따르면 중국뿐만 아니라 전 세계에서 걸스쿨이 얻는 수익의 90%는 소속사가 가지고 가도록 되어 있다.

그리고 모든 활동비는 다 걸스쿨이 내도록 되어 있다.

이게 무슨 말이냐면, 현실적으로 걸스쿨이 아무리 노력해도 돈을 벌지 못한다는 거다.

"도리어 걸스쿨은 유명해질수록 점점 파멸할 수밖에 없다는 거죠."

예를 들어서 그녀들이 거대한 공연장에서 공연을 한다고 하자.

그러면 이 규정에 따르면 총수입의 90%는 중국 소속사가 가지고 간다.

"한 번 공연에 대략 50억 정도 번다고 치죠."

보통 정산할 때는 필요 경비를 제외하고 한다.

하지만 이 계약서에 따르면 일단 50억의 90%, 즉 45억을 소속사가 가지고 간다.

남은 건 5억이다.

그러면 남은 5억을 걸스쿨이 가지고 가느냐?

아니다. 계약서에 따르면 필요 경비는 걸스쿨이 낸다.

"한 번에 50억 정도 나오는 공연장이라……. 그러면 무대

설치비와 이것저것 하면 못해도 15억은 들어갈 거예요."

"맞습니다."

남는 게 5억인데 걸스쿨이 내야 하는 돈이 15억이다.

한 번도 아니고 계속 그런 식으로 활동하는 건 불가능하다.

"이건 완전 노예 계약인데요?"

"다른 조항도 문제입니다."

걸스쿨은 어떠한 경우에도 소속사와 사장의 명령을 거부할 수 없다는 조항.

그리고 거부하는 경우 그 손해배상액이 무려 100억이다, 그것도 1인당.

그런데 걸스쿨의 멤버는 네 명이다.

즉, 400억이라는 거다.

"이 '어떠한 경우에든'이라는 게 뭘지는 뻔하지 않습니까?"

성 상납 또는 접대에 뻔질나게 불려 나갈 게 뻔하다.

재수 없으면 어떤 정치가에게 후처로 팔려 나갈 수도 있는 일이고.

"21세기판 노예 계약서네요."

"맞습니다. 문제는 이걸 거부할 수 있는 상황이 아니라는 거죠."

그렇게 되면 그 성 접대 동영상이 인터넷에 파다하게 퍼질 거다.

말 그대로 인생이 바닥으로 떨어지는 거다.

"차라리 은퇴를 하면 좋을 텐데요."

"그렇게 순순히 놔줄 주장원이 아니죠."

이미 주장원은 중국 활동에 대한 선금을 받아 둔 상태다.

그런 상황에서 걸스쿨이 은퇴? 그러면 그 위약금은 주장원이 내야 한다.

당연히 주장원은 파멸할 거다.

"그러니 주장원이 계약을 풀어 줄 리가 없죠."

물론 어차피 망하는 거니 너희라도 살라는 식으로 누군가는 해 줄지도 모른다.

"그런데 돈 때문에 몰래 성 상납을 돌린 주장원이 그럴 리가 있겠습니까?"

계약 기간은 아직도 5년이나 남아 있다. 이는 걸스쿨이 그때까지 끌려다니면서 성 상납을 하고 돈을 뜯겨야 한다는 걸 의미한다.

"이적하게 되면 최소 20년은 그들에게 잡히는 거고."

그 아이들은 대부분 10대 후반에서 20대 초반. 즉, 20년간 잡혀 있는다는 건 사실상 인생 자체를 다 갈아 먹겠다는 거다.

"은퇴할 때쯤 되면 아마도 개인당 수백억의 빚이 있을 겁니다."

"중국은 이런 말도 안 되는 계약서를 인정하나요?"

"합니다. 중국에는 표준 계약서 따위는 없습니다."

극단적인 빈익빈 부익부의 나라가 바로 중국이고, 공산주의면서도 실질적으로는 극단적 자본주의를 표방하는 게 중국이다.

"더군다나 중국의 재판부도 문제죠."

"아, 하긴. 그놈들도 제정신은 아니죠."

중국 재판부의 성향은 간단하다.

무조건 자국 중심주의.

특히나 권력자들에 관해서는, 사람을 죽여도 그 사건이 널리 알려져서 정치적 부담이 있지 않은 이상 무조건 무죄 처리한다.

"이런 민사 계약서 같은 건 당연히 그냥 통과될 겁니다."

성 상납이야 뭐 하루 이틀 문제가 아니다.

한국 판사들도 성 상납받는데 중국이라고 다르겠는가?

판사들이 문제 삼을 리가 없다.

계약 기간? 그건 양자 합의에 의한 거다.

무엇이든 거절 불가? 이게 문제인데, 소속사에서 주요 투자자 소개 자리라고 해 버리면 아무 문제 없다.

실제로 한국도 2000년대 초반까지만 하더라도 이런 개 같은 계약서가 인정되던 나라였으니 중국이야 당연히 더하면 더했지 결코 덜하지는 않다.

"결국 이쪽은 넘어갈 수밖에 없는 거군요."

"현 상황에서는 그렇습니다."

노형진은 턱을 문지르면서 말했다.

"그러니 이쪽에서 먼저 족치는 게 어떨까 싶네요."

"어떤 식으로요?"

노형진은 자리에서 일어나 사무실 안을 왔다 갔다 하면서 말했다.

"일단 협박의 주체와 객체를 확실하게 알아야 합니다."

"그거야 뻔하잖아요?"

협박의 주체는 텐진엔터테인먼트. 중국에서는 중견에 속하는 소속사다.

문제는 그 사장과 손잡은 사람이 중국 공산당 핵심 간부라는 거다.

정확하게 말하면 텐진엔터테인먼트 자체가 그 당 간부가 바지 사장을 내세워서 세운 곳이다.

중국 중앙위원회 일원 중 한 명인 등륜.

"중국 중앙위원회 위원이라면 법적으로는 장관급입니다."

법적으로는 장관급이고 현실적으로는?

장관 이상의 힘을 가진다.

그럴 수밖에 없다. 장관은 임명직이니까.

"그게 다른가요?"

"좀 다르죠."

중국의 주석은 중국 중앙위원회 총서기니까.

"장관은 주석이 뽑는 일종의 임명직입니다. 그러니까 언제든 바꿔 버릴 수 있어요. 하지만 중국 중앙위원회 위원은? 일종의 정치 지지 기반 세력입니다. 이렇게 표현하면 되겠네요."

장관은 국가의 파견 병력인 셈이다.

하지만 중앙위원회는 일종의 토호 사병 집단에 가깝다.

"당을 장악하기 위해서는 필연적으로 위원회를 손에 넣어야 하니까요."

그렇다 보니 중국에서 중국 중앙위원회 위원이라고 하면 말 그대로 무소불위의 권력을 휘두르는 자들뿐이다.

원하면 사람 몇 명 납치해서 죽여도 조사도 하지 않을 정도다.

"그런 사람이 왜……?"

"자본주의니까요."

중국은 자본주의의 맛을 진하게 보고 있고, 이제 권력을 유지하기 위해서는 돈이 필요하다.

"이렇게 먹음직스러운 상품이 있는데 관심이 가지 않을 수가 없죠."

걸스쿨이 작년에 중국에서 벌어들인 돈만 500억이 넘는다.

욕심이 생기지 않을 수가 없다.

"그리고 이번에 성공하면 분명 다른 그룹들도 노릴 겁니다."

"그 정도예요?"

"주장원이 이번에는 도를 넘었지만, 중국에서는 현실적으로 당과 선을 만들지 않으면 활동 자체가 불가능하니까요."

성 상납을 하지 않았다지만 그 외에 다른 뇌물 같은 약점을 가지고 있을 수도 있다.

"왈큐레 생각나세요?"

"아, 생각나요. 그러고 보니 그 사건도 노 변호사님이 끼어들었지요?"

"맞습니다. 그 애들이 지금 어디에 있는지 아십니까?"

"어…… 글쎄요. 그러고 보니 왕따 사건 이후에 거의 못 봤는데?"

"중국에 있습니다. 한국에서는 여전히 활동이 힘드니까요."

왈큐레는 왕따 사건 이후에 이미지가 너무 안 좋아졌다. 노형진이 어느 정도 커버해서 이미지를 돌려놓기는 했지만 그래도 과거의 이미지로 돌리는 데에는 한계가 있었다.

물론 사장인 마한우와 완벽하게 결별시키면서 사건이 정리된 것은 사실이지만 그렇다고 해서 이미 생겨 버린 안티들이 팬이 되어 주지는 않는다.

"사실 한국에서나 이게 문제가 되지, 중국이나 일본에서는 그다지 문제가 안 되거든요."

일본은 극단적 왕따가 알음알음 벌어지다 보니 모른 척하

는 성향이 강하고, 중국은 사회적으로 인식이 발달한 나라가
아니다 보니 나와 상관없으면 그만이라는 풍조가 강하다.

그 덕분에 중국에서의 활동이 쉽고 아무래도 중국에서 버
는 돈이 많다 보니, 이제 거의 한국 활동은 접고 중국에 몰빵
하는 분위기였다.

"아, 그래요?"

"중국 시장은 어마어마합니다. 미국도 시장성 때문에 설
설 기어 다닐 정도로요."

노형진은 그렇게 말하면서도 혀를 끌끌 찼다.

'중국이 미국에도 갑질을 하는데 한국에 갑질 할 거라는
생각을 내가 왜 못 했을까?'

주장원의 일로 인해 이번에 터져 나온 것뿐, 현실적으로
본다면 알게 모르게 갑질이 이루어지고 있을 가능성이 아주
높다.

"심각한 문제군요. 그러면 이걸 어떻게 해야 하지요?"

"아까 말했다시피 주체와 객체를 구분하고 그 선을 끊어야
합니다. 이번 사건에서 등륜은 양쪽 다 협박하고 있지만 주
요 대상은 현재 주장원과 베스트엔터테인먼트죠."

그들과 계약되어 있으니, 그들이 계약을 넘기거나 계약을
해지해 주기 전에는 등륜은 아무것도 못 한다.

"하지만 중국에서 활동하는 건 그들과 계약되어 있어야 가
능한 거 아니에요? 법이 그렇잖아요."

"맞습니다."

"그러면 차이가 있나요?"

"있지요. 일단 활동 우선권의 문제죠."

쉽게 말해서 현재 주 계약은 베스트엔터테인먼트, 부계약
은 등륜의 텐진엔터테인먼트다.

"중국에서 활동하는 건 텐진이 커버합니다만, 그 기간을
정하는 건 베스트엔터테인먼트죠."

즉, 주장원이 이참에 한국에서의 활동에 집중하겠다고 해
버리면 텐진은 걸스쿨을 보내 줄 때까지 손가락 빨고 있어야
한다는 거다.

주 계약은 베스트엔터테인먼트 쪽이니까.

"물론 그동안은 돈이 안 되니까 한국은 포기했지만요."

"무슨 뜻인지 알겠네요."

중국에서의 활동 자체가 불가능하게 될 경우 주장원은 한
국을 노릴 만도 하다.

애초에 실력이 없으면 어딜 가도 뜨는 건 불가능하니까.

"반대로 말하면, 베스트엔터테인먼트와의 계약이 해지된
다면 그동안 텐진과 등륜이 한 모든 협박이 의미가 없어진다
는 거지요."

"그리고 이쪽에서 계약하는 새로운 곳이 크다고 하면?"

"저쪽도 섣불리 건드리지 못할 겁니다. 일단 계약 해지가
진행되면 중국 활동 계약도 끝나는 셈이니까요."

엄밀하게 말하면 걸스쿨의 중국 활동 계약은 걸스쿨과 텐진의 계약이 아니라 베스트와 텐진의 계약이다.

위임계약이랄까?

"그러면 새로운 소속사에서는 중국에서 새로운 회사를 찾아볼 수 있지요."

"음……."

고연미는 이해가 간다는 듯 고개를 끄덕거렸다.

그리고 마침 노형진이 가진 회사가 있다.

"골드존이 그곳이 되겠군요."

"맞습니다."

골드존은 노형진이 키운 회사이고 자금력에 있어서는 텐진과 비교도 못 할 정도다.

"하지만 그런다고 해서 등륜이 포기할까요?"

"포기하지 않겠지요."

노형진은 고개를 끄덕거렸다.

"하지만 우선은 급한 것부터 하나씩 해결하지요. 이대로 두면 주장원은 분명 걸스쿨을 텐진에 넘길 테니까."

고연미는 고개를 끄덕거렸다.

"그러면 주장원과 베스트엔터테인먼트를 일단 걸스쿨에서 찢어 두죠."

그게 가장 먼저 해야 할 일이었다.

노형진이 다른 걸 준비하는 사이 고연미는 걸스쿨을 찾아
다니기 시작했다.

노형진에게 거절당한 후에 주장원이 철저하게 그녀들을
숨겼기 때문이다.

그 말은 결국 중국에 넘기기로 했다는 거다.

최소한 지금까지 번 돈과 약간의 돈은 건질 수 있을 테니
까.

그러나 얼마나 꽁꽁 숨겨 둔 건지 도무지 찾을 수가 없었
다.

"없어요. 아무리 찾아도 없어요. 주장원이 작심하고 숨긴
것 같아요."

"중국에 있는 거 아닙니까?"

"그건 아니에요. 입국 기록은 확인해 봤어요. 협박 초기에
다급하게 입국한 이후에 그대로 증발했어요."

"음……."

노형진은 턱을 문지르면서 곰곰이 생각에 빠졌다.

아무리 그래도 자발적으로 숨지 않으면 이 정도로 숨는 건
불가능하다.

주장원이 강제로 숨겨 두거나 묶어 놨다면 어떻게든 탈출
하려고 할 테니까.

"거짓말을 하고 있을 가능성이 높군요."

"거짓말요?"

"중국에서 노리고 있다는 걸 아니까요."

멤버들이 바보도 아니고, 그런 계약을 하고 싶어 할 리가 없다.

"그런데 주장원은 저에게 거절당했죠. 제가 진짜로 자기는 버리고 걸스쿨만 건지려고 한다는 것도 알 겁니다."

만일 그렇게 되면 그는 파멸한다.

그러니 어떻게든 걸스쿨과 노형진이 만나는 걸 막으려고 할 가능성이 높다.

"그렇다고 이렇게 도망 다닌다고요?"

"뭐, 간단한 거 아닙니까? 중국에서 강제로 계약하기 위해 삼합회를 보냈다는 식으로 거짓말하면 고작 20대 초반 애들이 어쩌겠습니까?"

"잔뜩 겁먹고 숨어 버리겠네요."

"맞습니다."

그 숨어 있는 사이에 주장원은 텐진과 계약을 마무리하고 넘겨 버릴 게 뻔하다.

"하지만 어떻게 찾아야 할지 감이 안 잡혀요. 너무 꼭꼭 숨어서요. 핸드폰도 애초에 없고."

"걸 그룹 활동 초기에는 당연한 거죠. 주장원의 신용카드 기록은요?"

그 애들이 신용카드를 가지고 있다고 해도 쓸 가능성은 없다. 그런 만큼 다른 걸로 생활을 해야 한다.

"이미 확인해 봤어요. 정상적인 거래 말고는 거래 내역이 없어요."

"그래요?"

"네. 사용처도 서울의 집과 소속사 주변이고."

"서울에 감춰 놨을 가능성은 낮은데요."

아무리 한국에서는 잘 알려지지 않은 그룹이라고 해도 일단 한류를 타고 있는 그룹이다.

그런 만큼 활동은 하지 않아도 뉴스는 많이 나가서 얼굴을 아는 사람들이 많을 것이다.

"흠……."

노형진은 잠깐 고민하다가 입을 열었다.

"은행 쪽은요?"

"이미 확인해 봤지요. 하지만 특이 사항은 없어요."

"현금 출금도요?"

"네."

아무래도 노형진이 어떤 인간인지 누구보다 잘 알 테니 철저하게 감추고 있을 가능성이 높다.

"그러면……."

노형진은 테이블을 톡톡 두들기면서 고민하다가 씩 하고 미소 지었다.

"회사에서 월급은요?"

"네?"

"주장원은 엔터테인먼트조합 소속인지라 분명 저에 대해 압니다. 그러니 제 추적을 끊기 위해 뭐든 하려고 하겠지요."

"그렇겠지요?"

"하지만 이 바닥이 좀 그런 게, 아무리 숨긴다고 해도 통제 자체를 풀어 주지는 않습니다. 분명히 누군가를 붙일 겁니다."

"아!"

고연미는 탄성을 내질렀다.

맞는 말이다. 만일 완벽하게 풀어 놨다가 걸스쿨이 진실을 알아 버리면 막을 틈도 없이 도망갈 테니까.

"현실적으로 베스트엔터테인먼트는 돈은 많지만 직원은 별로 많지 않습니다."

그럴 수밖에 없다. 중국에서 주로 활동한 데다가 속해 있는 그룹이라고는 걸스쿨뿐이다.

물론 연습생들이 없는 건 아니지만 그들에게 사람을 따로 붙여 줄 이유는 없으니.

"그렇다고 깡패를 붙일 수는 없으니……."

"직원 중 누군가를 붙였겠군요."

"일단 직원 중에서 출근하지 않는 사람을 확인하고 그의 카드를 추적하지요."

그러면 분명 나올 거라고 노형진은 확신했다.

얼마 후 노형진은 고연미로부터 그 사람을 찾았다는 소식을 전해 들었다.

"남궁헌중이라고, 로드 매니저예요. 직원 명부는 어떻게 얻었는데 출근 체크는 어쩔 수 없어서 입구에서 지키느라 시간이 좀 걸렸어요."

그녀의 말에 따르면 직원으로 등록은 되어 있는데 출근은 안 한다고 했다.

"그런데 제 경험상 로드 매니저는 파리 목숨이거든요."

말이 좋아서 매니저지, 로드 매니저는 언제든 바꿔 치울 수 있는 부품 같은 거다.

"물론 급이 낮은 연예인이라면 로드와 딱 붙어 다니죠."

다른 건 지원해 주지 않으니까.

그때는 로드 매니저가 붙어 다니면서 그를 키워야 한다.

"하지만 걸스쿨 정도라면 실장급이 스케줄 관리해요. 로드는 말 그대로 운전사에 가깝죠."

그런데 그런 그가 며칠간 출근을 하지 않는다?

그러면 그날로 잘리는 거다.

대부분의 경우 로드는 계약직이니까.

설사 아니라고 해도 무단결근은 해직 사유가 맞다.

"그래서 확인해 봤는데, 해남에서 카드 사용 기록이 나왔어요."

"이유가 있던가요?"

"아니요. 남궁헌중은 서울 토박이예요. 해남과는 전혀 상관없죠."

"확실한 것 같군요."

노형진은 자리에서 일어났다. 그리고 외투를 들었다.

"경호 팀을 준비하죠. 우리도 쇼 한번 해야겠습니다."

"쇼를 한다고요?"

"네. 뭐, 답은 나와 있는 거 아니겠습니까, 후후후."

⚖

로드가 해남에서 쓴 카드 내역은 작은 가게에서 담배를 산 것, 딱 하나뿐이었다.

"그 말은 현금으로 산다는 거죠."

그러면 추적이 불가능하니까.

하지만 사람이 버릇이라는 게 무섭다.

카드라는 것을 써 버릇한 사람은 특별한 일이 없으면 카드를 내게 되어 있다.

"현대에는 대부분 카드를 쓰니까."

주의한다고 하지만 무심결에 카드를 내놓는 건 어쩔 수 없다.

"그리고 결제된 건 딱 담배 한 갑의 가격이니까……."

"이 근방이라는 거군요."

고연미는 차에서 핸드폰을 검색하며 말했다.

뒤에는 승합차에 탄 경호 팀이 따라오고 있었다.

"맞습니다."

만일 한 갑이 아니라 여러 갑, 혹은 한 보루였다면 장거리에서 숨어 있다는 걸 의미한다.

자주 나올 수가 없으니까.

그런데 고작 한 갑. 그건 언제든 보충할 수 있다는 것.

"확인했어요. 근방 3킬로미터 안에 총 세 채의 펜션과 두 채의 호텔이 있어요."

"호텔은 아닐 겁니다."

이 시기가 비수기라지만 그래도 커플이 없는 것은 아니다.

아무리 춥다고 해도 커플이 놀러 다니지 않을 리가 없다.

"펜션은 아무래도 커플끼리 가기에는 좀 크죠."

물론 2인용 펜션이 없는 것은 아니나 그래도 비용 면에서는 호텔이 훨씬 나은 선택이다.

"그리고 호텔에는 단체 관광객들이 오니까요."

"하긴, 걸스쿨은 중국에서 더 유명하죠."

중국인 관광객들의 눈에 띄면 곤란하다.

"하지만 펜션은 이 시기가 진짜 비수기니까요."

조용하고 사람도 잘 다니지 않을 뿐만 아니라 규모가 있어서 숨어 있기에도 덜 답답하다.

최소한 펜션 내부의 정원은 돌아다닐 수 있으니까.

"하지만 호텔을 이용하면 꼼짝없이 방 안에만 있어야 하니까."

즉, 결론은 펜션이다.

"그러면 어디로 가죠?"

"당연히 가까운 곳이죠."

노형진은 씩 웃었다.

가게에서 걸어서 5분 위치에 있는 해남자유펜션.

"여깁니다."

⚖

"역시나."

노형진은 도착하자마자 펜션으로 들어갔다.

물론 펜션의 주인은 투숙객에 대해 말하지 않으려고 했지만…….

'말하지 않을 수가 없지.'

때마침 뒤따라 들어온 시커먼 사내들이 에워싸자 잔뜩 겁먹고 나불거리기 시작했다.

여자 네 명과 남자 한 명이 펜션 하나를 쓰고 있으며, 숨은 시기는 딱 노형진이 주장원과 이야기를 끝낸 바로 다음 날이었다.

'역시 계획하고 있었던 게 맞아.'

그렇지 않다면 노형진과 이야기가 틀어지자마자 바로 숨길 이유가 없다.

그도 자신이 뭔 잘못을 했는지 알고 도움을 거절당할 가능성도 감안한 것이다.

'개 같은 새끼.'

도움을 주면 적당히 걸스쿨로 돈을 벌 수 있는 거고, 거절당하면 그쪽에 이야기해서 적당한 가격에 넘겨 버리는 게 주장원의 계획인 게 분명했다.

"저기입니다, 저기…….. 저는 그냥 가면 되죠?"

펜션 주인은 눈을 데굴데굴 굴리면서 말했다.

노형진은 그런 그의 어깨에 손을 올렸다.

"아저씨, 신고하면…… 알지? 여기 한적하고 좋네?"

침을 꿀꺽 삼키는 펜션 주인.

하긴, 대부분 펜션이라는 게 한적하고 조용한 곳에 지어질 수밖에 없으니까.

"생각 잘해."

"네…… 네…….."

"그리고…… 전화해서 그 남자 좀 불러내 봐."

"네?"

"싫어?"

"아니, 싫다기보다는…….”

펜션 주인은 침을 꿀꺽 삼키며 고개를 끄덕거렸다.

"바, 바로 할까요?"

"그래, 바로."

바들바들 떨리는 손으로 핸드폰을 검색하는 주인.

그런 모습을 보면서 고연미는 혀를 내둘렀다.

"아니, 오광훈 검사에게 참 좋은 걸 많이 배우셨네요."

"그러게 말입니다. 왜 이렇게 재미있는지 모르겠어요."

키득거리는 사이 주인은 전화번호를 찾았는지 전화를 걸고 있었다.

"어…… 저, 펜션 주인인데요. 그, 펜션을 좀 비워 주셨으면……. 아니 아니, 그게 아니라요. 네, 이미 선금 낸 건 알지요. 그런데 그게 예약이 들어왔는데, 꼭 그 건물을 쓰고 싶다는 분이 계셔서요. 그러니까 여기서 나가 달라는 건 아니고 옆에 다른 빈 곳을 이용해 주실 수 있을까요? 물론 불편한 건 아는데요, 그분이 두 배나 웃돈을 부르셔서요. 네……. 그 2주 치를 주시는데……. 대신에 50% 환불해 드릴게요. 네, 지금요."

주인의 이야기를 듣고 있자니 노형진은 피식, 헛웃음이 나왔다.

진짜 그럴듯한 이야기였으니까.

더군다나 2주에 50% 환불이라고 하면 못해도 수십만 원이다.

그 돈은 꿀꺽할 수 있는 돈인 만큼 매니저는 당연히 좋다고 나올 테고.

"자리 잡죠."

이곳저곳에 몸을 숨기는 경호원들.

잠시 후 사무실 안으로 매니저가 들어왔다.

"얼마나 급한데요? 지금 환불해 주는 거 맞죠, 현금으로?"

"당연하죠. 현금으로 주셨으니 당연히 현금으로 드려야지요."

"그러면 지금 바로…… 억! 당신들 뭐야?"

남궁헌중은 몰려드는 사람들을 보고 다급하게 물러나려고 했다.

하지만 이미 입구까지 막힌 상황에서 도망갈 곳은 없었다.

"잡았다."

노형진은 웃으면서 나타났고, 그를 본 남궁헌중은 사색이 되었다.

"사, 삼합회?"

'아무래도 매니저한테도 구라 친 모양이군.'

하긴, 들어온 지 얼마 되지도 않은 매니저에게 사실을 말해 주었을 것 같지는 않았다.

노형진은 현 상황을 충분히 이용하기로 했다.

"이 종간나 새끼."

노형진은 벌벌 떨고 있는 매니저에게 다가가서 얼굴을 톡 톡 두들겼다.

"적당히 치우라우."

질질 끌려가는 매니저.

"사…… 살려 주세요! 살려 주세요! 제발 살려 주세요!"

하지만 노형진은 신경도 쓰지 않았다.

진짜 죽일 것도 아니니까.

"가죠."

노형진은 가기 전에 주인에게 손을 내밀었다.

주인은 눈치 빠르게 잽싸게 열쇠를 내밀었고 노형진은 그 대로 펜션으로 향했다.

그리고 잠긴 펜션 문을 열고 느긋하게 안으로 들어갔다.

"어디에 숨었나?"

"노 변호사님, 진짜 악당 같아요."

"아? 그런가요, 하하하."

노형진은 웃으며 2층으로 향했다.

인간의 본능은 뻔하다.

숨으려고 하면 1층보다는 2층, 그리고 큰 방보다는 작은 방.

철컥.

그런데 열쇠로 문이 열리기가 무섭게 찢어지는 비명이 터 져 나왔다.

"꺄아악!"

"미안해요."

노형진은 이마에 난 혹을 문지르고 있었다.

문이 열리는 순간 날아온 딱딱한 물건에 맞아서 난 혹이었다.

'도대체 왜 펜션에 침목이 있는 거야?'

노형진은 툴툴거리면서도 화를 내지는 못했다.

그 상황이라면 어찌 보면 당연한 일이니까.

"그런데 진짜로 변호사님 맞아요?"

"인터넷도 못 믿으면 누굴 믿습니까?"

"그런데 왜⋯⋯?"

정중하게 찾아와서 사건 상황을 이야기하고 그 후에 해결책을 이야기해도 문제가 안 된다.

그런데 노형진은 굳이 불시에 와서 협박하고 강제로 문을 따고 들어왔다.

그 결과 목침을 맞고 혹까지 났다.

"지금 상황은 아시죠?"

멤버들은 입술을 깨물었다.

누구보다 잘 아는 게 자신들이니까.

"지금 여기서 도망가면 여러분은 독박을 씁니다. 현 상황에서는 방법이 없지요."

베스트와 계약으로 묶여 있다.

만일 멤버들이 도망가면 베스트 쪽에서는 어마어마한 위약금을 요구할 게 뻔하다.

"그러면 가장 확실한 해지 방법은 뭘까요?"

"계약 해지 소송?"

"그건 맞습니다. 그런데 그걸 어떻게 하실 생각이죠? 현 상황에서 베스트엔터테인먼트가 잘못한 게 있나요?"

"그건……."

없다. 그가 성 상납을 시키기는 했지만 그에 응한 건 본인들이다.

물론 성 상납을 강제했다는 걸 이야기하면 계약 해지 자체는 가능할 것이다.

"하지만 걸스쿨이라는 그룹의 수명은 끝나죠."

"……."

"그래서 강제한 겁니다."

노형진은 씩 웃었다.

"아까 촬영한 거 보시겠어요?"

"촬영?"

"보여 주세요."

고연미는 씩 웃으며 핸드폰을 꺼내서 내밀었다.

거기에는 좀 멀리 떨어진 곳에서 몰래 촬영한 듯한 영상이 있었다.

"누가 봐도 딱 강제로 계약을 맺으려고 하는 것 같죠? 아주 자지러지게 삼합회라고 비명까지 지르셨으니."

머쓱하게 머리를 긁는 매니저.

"그, 그런데요?"

"이걸 나중에 인터넷에 뿌릴 겁니다."

"뿌린다고요?"

"네. 여러분들이 텐진과 계약을 맺은 후에요."

"……!"

"아무리 중국이라고 해도 강제로 맺은 계약은 효과가 없지요."

이게 인터넷에 퍼지는 순간 당연히 텐진과의 계약은 무효화될 것이다.

"하지만 텐진에서 그걸 인정하지 않을 것 같은데요."

매니저는 어중간하게 말했다.

"당연히 안 합니다. 그런데 여러분들이 도망간 이유가 뭡니까? 그 노예 계약서 때문 아닙니까?"

"그건……."

"계약서를 인터넷에 공개하면 어떻게 될까요?"

노예 계약? 그건 당사자 합의라는 걸 증명하면 중국 법원에서 인정할 것이다.

"하지만 이 영상을 보면 당사자와 합의된 것일 수가 없거든요."

이죽거리면서 말하는 노형진.

"그러면 우리는 텐진과의 계약을 파기할 수 있습니다."

"하지만 날짜가……."

영상이 촬영된 날짜와 계약서에 사인한 날짜가 다르다.

"계약서 사인 날짜는 얼마든지 조작할 수 있지요. 이렇게 협박받는 영상이 있다면요."

"그렇지만 주장원이 있잖아요?"

"그래서 이런 영상을 찍은 겁니다."

노형진은 자신 있게 말했다.

"아직은 준비 중이기는 하지만 제대로 되면 중국 활동을 정상적으로 하면서 여러분들의 안전을 확보할 수 있지요. 어떻게 하시겠습니까?"

노형진의 말에 멤버들은 고개를 끄덕거렸다.

결국 상황은 최악이다.

성 노예로 끌려가느니 차라리 도박이라도 해 보는 게 낫다.

"할게요."

"잘 선택하셨습니다, 후후후."

노형진은 빙그레 미소를 지었다.

배신자를 배신하는 법

얼마 후 주장원은 걸스쿨의 멤버들을 불러들였다.

그리고 그 후에 그녀들의 소속이 바뀌었다.

텐진엔터테인먼트로 말이다.

"역시 팔아넘겼군."

노형진은 혀를 끌끌 찼다.

사실 예상은 했다. 주장원이 도와 달라고 한 건 그녀들을 위해서가 아니라 자신의 수익을 지키기 위해서였던 것뿐이다.

"그러면 바로 움직이실 거예요?"

"바로 움직일 겁니다. 오래 데리고 있으면 저들이 무슨 짓을 할지 모르니까요."

"그러면 바로 영상을 올릴게요."

고연미는 고개를 끄덕거렸다.

그 당시에 촬영된 영상은 절묘했다.

고연미가 핸드폰으로 누구의 얼굴도 보이지 않게 뒤에서 몰래 찍는 콘셉트로 찍었으니까.

원본을 통째로 올린다고 해도 누구의 얼굴도 나오지 않는다.

"이게 올라온 후에 걸스쿨은 계약 부존재 소송을 할 겁니다. 그리고 그 후에 재판부의 판결을 보자고요, 후후후."

⚖️

"뭐? 계약 부존재 소송? 이 빵즈 년들이 미쳤나?"

등륜은 다급하게 올라온 보고서를 보고 피식 웃었다.

물론 자신이 생각해도 말도 안 되는 계약 조항들이다. 하지만 자기들이 어쩔 건가?

이미 재판부도 자신이 지배하고 있다.

아무리 소송을 건다고 해도 그들은 이길 수가 없다.

"그게…… 문제가 생겼습니다. 평소라면 문제가 안 되는데."

"문제? 무슨 문제?"

텐진의 사장은 조심스럽게 핸드폰 영상을 하나 내밀었다.

"현재 우리가 강제로 계약했다는 증거라고 인터넷에 돌고 있는 영상입니다."

이것이 법이다

"무슨 말도 안 되는 소리야?"

그런 영상이 있을 리가 없다.

합법적으로 평등한 계약도 아니고 반인륜적인 계약을 하는데 기념한답시고 촬영하지는 않았으니까.

"나 몰래 계약한 거 있어? 아니, 그렇다고 해도 계약서가 부도덕한지는 알 수가 없을 텐데?"

영상에는 나올 리가 없으니까.

"그게 아닙니다. 이걸 보십시오."

영상을 재생하자 몸부림치면서 끌려 나오는 남자가 보인다.

"이 새끼가 누군데?"

"전 매니저입니다."

살려 달라고 몸부림치면서 끌려 나가는 남자.

그리고 움직이는 사람들.

그들이 문을 열고 펜션에 들어가자, 거기서 비명이 들렸다.

누가 들어도 이건 걸스쿨 멤버들의 목소리다.

"이……게 뭐야?"

더군다나 문제가 되는 것은 끌려가면서 남자가 삼합회라고 한 것이다.

삼합회는 중국의 조직이고 지금 계약한 건 중국의 소속사다.

"지금 인터넷에서 빠르게 퍼지고 있습니다. 한국은 이미……."

"잠깐! 이게 무슨 말도 안 되는 소리야! 우리가 왜 삼합회를 보내?"

이미 주장원과 이야기가 끝난 상황이다.

그런데 왜 삼합회를 보낸단 말인가?

"말도 안 된다고 주장해!"

"그게, 주장한다고 해결될 일이 아닙니다."

"뭐? 왜?"

"소송을 한국에서 걸었습니다."

"한국?"

"그렇습니다. 한국에서 걸었는데…… 변호를 맡은 게 새론입니다."

"새론? 뭐 하는 곳인데?"

"한국에서 제일 위험한 법률 회사라고, 당에서는 이야기하고 있습니다."

등륜의 얼굴이 확 일그러졌다.

⚖️

"이번 영상의 출처는 저희 역시 확인하지 못했습니다."

노형진은 천연덕스럽게 말했다.

하긴, 애초에 익명으로 올렸고, 퍼지기 시작하자 원본은 지웠다.

그러니 이제 와서 추적한다고 해도 누가 올렸는지는 확실하게 알 수가 없다.

"하지만 저희는 그게 사실이라고 생각하고 있습니다."

"생각한다니, 그게 무슨 말입니까?"

"그 건에 대해서…… 저희 의뢰인들은 말을 하지 않고 있습니다."

"왜요?"

"글쎄요."

노형진은 말을 아꼈다.

하지만 머릿속에서는 이미 이야기가 나오고 있었다.

'자, 소설을 써라, 기자들아. 흐흐흐.'

강제로 계약하기 위해 찾아간 삼합회.

그리고 상당한 외모를 자랑하는 걸 그룹 멤버들.

하나같이 입을 다물고 있는 관련자들.

과연 그 현장에서 어떤 일이 벌어졌다고들 생각할까?

뻔하다. 성적인 뭔가가 저질러졌을 가능성이 높다고 생각할 것이다.

'그리고 이제 이쪽은 명백한 피해자 포지션이지.'

중국에서 뭐라고 하든 사람들의 생각이 거기까지 가면 절대 중국을 인정할 리가 없다.

웃기지만 한국에서 지명도가 거의 없던 걸스쿨이 한순간

피해자 포지션으로 한국인에게 기억된 것이다.

'그리고 한국인은 외국인의 성범죄에 대해 극도로 분노한다.'

아마도 계약 해지 소송에서 질 가능성은 없을 것이다.

그리고 거기에 쐐기를 박을 계약서의 문제.

"하지만 사실인 건 명백합니다."

"어째서 그렇지요?"

"지금 계약서를 공개하고 싶지만 애석하게도 저희가 가지고 있는 계약서가 없습니다. 상대방이 두 개 다 가지고 갔거든요. 저희는 결국 전해 들은 것을 기준으로 말해야 하는데, 상식적으로 그런 계약을 한다는 건 불가능할 수밖에 없습니다."

"전해 들어?"

"그게 뭔 소리야?"

재판을 한다면 계약서를 당연히 공개해야 한다.

하지만 계약서는 없다.

'없을 수밖에 없지.'

말도 안 되는 협박으로 계약서에 사인을 시켰다.

그걸 인터넷에 뿌리면 곤란하니, 황당하게도 텐진 쪽은 계약서를 아예 두 개 다 가지고 가 버렸다.

'물론 그런다고 해서 방법이 없는 건 아니지.'

저쪽에 계약서가 있는 건 확실하다. 그건 노형진도 들었다.

물론 그들이 계약서를 다 가지고 간 건 노형진도 생각하지 못한 변수였다.

"그게 말이나 됩니까? 계약서는 양쪽이 하나씩 가지고 있어야 효과를 발휘합니다."

어떤 기자가 말했다. 노형진은 고개를 끄덕였다.

"맞습니다. 하지만 저희가 들은 조건은 너무 황당해서, 텐진이 계약서를 주지 않을 수밖에 없을 정도더군요."

노형진은 자신이 들은 계약서의 조항을 이야기했다.

그러자 기자들은 입을 쩍 벌렸다.

'제대로 먹혔다.'

한국의 언론에 이야기하기에 걸스쿨은 한국에서의 지명도가 부족했다.

하지만 이제는 아니다.

인터넷에 도는 영상과 이 기자회견으로 한국의 모든 사람들은 걸스쿨에 대해 이야기하게 될 테고 지명도는 확보될 테니, 이건 단순 소속사와 연예인의 싸움이 아닌 한국의 자존심 싸움이 될 것이다.

"하지만 계약서를 증명할 방법이 없으면 그건 헛소문입니다."

"맞습니다."

노형진은 고개를 끄덕거렸다.

그는 그걸 위해 확실히 답을 준비했다.

"걸스쿨 멤버들의 말에 따르면 그 계약서를 쓸 때 지장을 이용했다고 합니다. 당연히 이 소송이 걸린 이상 텐진 측은 그 계약서를 증명해야 합니다."

"……!"

"만일 텐진이 그 계약서를 제출하지 못한다면 둘 중 하나 죠. 애초에 계약이 없든가, 계약서 자체가 저희가 알고 있는 내용 그대로든가."

노형진은 마지막 함정에 빠진 텐진이 어떻게 반응할지 참 으로 궁금했다.

⚖

"등륜은 이번 사태가 터지면 영상을 뿌리려고 할 겁니다."

계약서를 공개할 수도, 하지 않을 수도 없는 상황이 되어 버릴 테니까.

만일 계약서를 공개하면?

중국에서 활동하려고 하는 한국인 중에서 등륜, 아니 텐진 엔터테인먼트와 일하려고 하는 사람은 없을 것이다.

그렇다고 텐진에 중국 소속의 연예인이 많나?

그것도 아니다.

애초에 텐진 자체가 중국 활동을 하는 한국 연예인들을 등 륜의 힘으로 잡기 위해 만들어 둔 곳이다.

자국 소속이 없는 건 아니나 조연급도 힘든 사람들이 대부분이다.

애초에 텐진에는 스타를 키워 낼 수 있는 시스템 자체가 없다.

"결국 보복을 위해서는 그게 가장 확실한 방법이니까요. 걸 그룹으로서 그리고 여자로서."

그걸 알기에 그런 말도 안 되는 조건으로 노예 계약을 하려고 했던 것이고.

"하지만 그는 못 합니다."

"중국에서 준비한 게 충분히 작동하나 봐요?"

"아마 슬슬 작동하고 있을 겁니다."

노형진은 빙긋 웃었다.

⚖️

"이런 젠장! 개 같은 빵즈 놈!"

계약할 때 실제로 멤버들은 도장이 없다는 이유로 지장을 이용했다.

텐진, 아니 등륜은 무심하게 넘어갔지만 다 이유가 있었다.

만일 도장을 사용했다면, 정교하게 도장을 복제해서 가짜 계약서를 만들어서 내밀어도 된다.

하지만 지장은 지문이 그대로 드러난다.

아무리 과학기술이 발달했다고 해도 지문을 그대로 복제하는 도장 따위는 없다.

그렇다고 계약이 없다고도 할 수가 없다.

이미 텐진은 걸스쿨과 계약했다고 언론 보도를 했기 때문이다.

그런데 계약서를 공개하지 못한다?

그러면 자기가 켕기는 거다.

그렇다고 진짜 계약서를 공개한다?

그러면 이건 누가 봐도 영상에서 벌어진 일이 진짜가 되어버린다.

설사 그걸 법원에 증거로 내놓지 않았다고 해도 말이다.

"젠장! 이 새끼들이……."

등륜은 이를 박박 갈았다.

돈이 된다는 생각에 잡으려고 했더니 그에게 엿을 먹였으니까.

"당장 이 새끼들을 쫓아내겠어. 아니, 인생을 망가트리겠어."

그는 당장 금고를 열어서 영상을 꺼내 뿌릴 생각을 했다.

그런데 미친 듯이 전화가 오기 시작했다.

"뭐야!"

등륜은 금고를 열려고 하다가 끊임없이 울리는 전화벨 소리에 짜증을 내면서 전화를 받았다.

─오빠!

상대방은 다름 아닌 등륜의 얼나이, 즉 첩이었다.

"바빠! 나중에!"

─지금 큰일 났어! 공안이 왔어!

"바쁘다고 했잖아!"

얼나이라 해도 그게 지금의 분노를 멈출 이유는 되지 않았다.

그러나 다음 순간 그는 머릿속이 하얀색으로 변했다.

─지금 공안이 날 부패 혐의로 체포한대!

"뭐라고?"

─오, 오빠! 나 좀 살려 줘!

"그게 무슨 소리야!"

─공안이 날 부패 혐의로 체포한다고……!

그제야 전화 너머에서 들리는 목소리가 등륜의 귀에 들어왔다.

─문 열어! 열지 않으면 부순다!

─당장 문 열어!

버럭버럭 소리를 지르는 사람들.

그리고 뭔가가 '쾅!' 하고 부서지는 소리.

─꺄아악!

─체포해! 저거 뭐야! 통화하는 거야? 잡아!

─오빠, 살려 줘!

비명이 새어 나가고 있었고 등륜은 아찔해졌다.

"뭐야?"

그 순간 뚝 끊어지는 통화.

공안이 전화기를 빼앗은 것이 분명했다.

"젠장…… 아니, 왜?"

이해가 되지 않았다.

왜 첩에게 공안이 갔단 말인가?

그다음 순간 다시 울리는 전화기.

그 전화는 다른 얼나이에게서 오는 것이었다.

⚖️

"등륜이 꼼짝을 못 하는군요."

"막을 게 많을 테니까요."

노형진은 이죽거리면서 말했다.

"추적해 보니 등륜에게 첩만 여덟 명이더군요. 하긴, 공산당 중앙위원회 소속이면 그 정도는 기본으로 깔고 간다고 하더군요."

"그런데 그렇게 정신이 없을 이유가 있나요?"

고연미는 고개를 갸웃했다.

노형진이 등륜을 부패 혐의로 고발할 거라는 건 예상하고 있었다.

그런데 사실 그렇게 고발한다고 해서 등륜이 그걸 못 덮을 정도는 아니다.

애초에 노형진의 말마따나 중국에서 얼나이는 성공한 남자들의 하나의 증명 같은 거고, 다른 사람들도 얼나이가 있으니 그가 덮으려고 한다고 하면 당연히 도와줄 테니까.

"숫자가 다르니까요."

"숫자가 다르다?"

"네. 전 등륜이 아니라 그 여자들을 부패 혐의로 고발했습니다."

사람들이 잘 모르는데, 부패 혐의자는 그 부패를 행한 사람만 포함되는 게 아니다.

정확하게는 그걸 알면서도 방조하거나 그 과실을 같이 나눠 먹은 사람도 포함된다.

"중국 공산당의 월급만 가지고 첩을 여덟 명씩 데리고 있을 수는 없지요."

노형진은 피식 웃으며 말했다.

"그래서 그 얼나이들을 고발했습니다."

그런데 이게 재미있는 게 뭐냐면, 얼나이들을 고발하면 그 상대방 정치인이 누군지 알 수가 없다는 거다.

일단 조사가 들어가야 한다는 건데 얼나이는 여덟 명. 그리고 고발도 여덟 건이다.

"당연히 동시에 고발이 들어갔으니 등륜은 여덟 건의 사건을 막아야 하는 겁니다."

만일 등륜 한 명만 고발했다면 한 건만 막으면 된다.

하지만 각 경찰서로 들어간 여덟 건의 사건을 동시에 막아야 하는 등륜.

"당 내부에서도 말이 나오지 않을 수가 없지요."

한 건과 여덟 건이 가지는 무게는 다르다.

관련자들이 다르니까.

당연히 관할 경찰서도 다르고 거기에 압력을 다 따로 넣어야 하며 또한 뇌물도 다 따로 줘야 한다.

"그리고 지금쯤…… 심부름꾼이 도착했을 겁니다."

노형진은 싱긋 웃었다.

등륜은 부들부들 떨었다.

컴퓨터에서 보이는 모습. 그건 다름 아닌 그가 첩들과 정사를 나누는 장면이었다.

"요즘은 카메라가 좋더군요."

외국에서 왔다는 브로커, 그는 초장거리 망원 카메라로 자신을 찍은 걸 보여 주고 있었다.

"네놈이었나?"

"전 아닙니다. 전 말 그대로 심부름꾼일 뿐이지요."

"큭."

그 말은, 눈앞에 있는 놈을 잡아서 족친다고 해도 바뀌는 건 없다는 거다.

"저는 미국 국적입니다. 설마 저를 체포하시려고요?"

금발의 남자는 미소를 지으며 말했다.

"그리고 전 여기에 오기 전 동료에게 이미 관련 정보를 넘겼습니다."

즉, 그에게 무슨 일이 터진다면 관련 정보가 그대로 퍼져 나간다는 걸 의미한다.

"이게 인터넷에 퍼지는 걸 원하지는 않으시죠?"

"인터넷 따위는 통제할 수 있어!"

"아, 그거 아세요?"

이죽거리는 남자.

"캐나다에는 섹시허브라는 곳이 있지요. 전 세계적으로 포르노를 판매하는 인터넷 기업입니다."

"으헉!"

그도 안다. 그리고 그게 의미하는 것도.

확실히 자신이라면 중국의 모든 인터넷을 통제할 수 있다.

그런데 엄밀하게 말하면 중국만 통제할 수 있다고 하는 게 맞을 것이다.

만일 해외 인터넷에서 중국공산당 의원의 섹스 스토리 같은 이름을 붙여서 팔기 시작하면?

그때는 이야기가 달라진다.

중국 내에서는 덮을 수 있을 것이다.

하지만 당 차원에서 그걸 가만 두고 보지는 않을 것이다.

그 자체가 중국 공산당의 신성함과 숭고함을 망가트리는 행위가 될 테니까.

중국 입장에서는 공산당은 언제나 깨끗하고 올바르며 정의롭게 비쳐야 한다.

"뭐…… 뭘 원하는 거야?"

일이 이쯤 되면 그가 그들을 제어할 방법은 없다.

애초에 외국인을 어떻게 제어한단 말인가?

"의뢰인은 한 가지만 요구하더군요. '걸스쿨'."

등륜의 손이 바들바들 떨렸다.

이 모든 게 이해가 갔다.

누군지 모르지만 그를 완벽하게 통제하고 있었다.

"제가 좀 기다려야 할까요, 아니면 그냥 나갈까요?"

등륜은 긴 한숨을 내쉬며 말했다.

"기다려…… 주게……."

그는 천천히 일어나서 금고로 갔다.

그리고 그 안에서 외장 하드를 꺼내 남자에게 건넸다.

"이것뿐이길 바라겠습니다. 미국에서 이걸 보고 싶지는 않거든요."

손에 들린 외장 하드를 흔들며 웃는 남자.

"지우도록 하지."

혹시나 몰라서 따로 보관해 두고 있었던 등륜은 어쩔 수 없이 말했다.

실수로라도 새어 나가면 그는 죽으니까.

"믿도록 하지요."

남자는 외장 하드를 챙기고 자리에서 일어나 방을 떠났다.

등륜은 문이 닫히는 소리를 들으며 책상을 '쾅!' 하고 내려칠 수밖에 없었다.

⚖

"확실하지요?"

ㅡ그렇습니다. 저는 프로입니다.

"좋습니다. 이건 제가 폐기하지요. 돈은 약속된 계좌로 보내 드리겠습니다."

등기로 온 한 개의 외장 하드. 그건 등륜이 가지고 있던 물건이었다.

노형진은 그걸 물끄러미 바라보았다.

단순히 지운다?

그러면 언제든지 복구할 수 있다.

외장 하드를 복구하지 못하게 하는 방법은 간단하다.

끼릭끼릭.

노형진은 나사를 풀고 하드를 드러내 칼로 박박 긁었다. 그리고 화분에서 돌을 하나 주워서 하드를 갈아 버렸다.

단순 삭제가 아니라 하드가 물리적으로 파괴된다면 복구는 불가능하다.

"일단 이거 하나는 된 것 같고."

노형진은 씩 웃었다.

물론 둥륜이 따로 파일을 가지고 있을 가능성이 높다.

아니, 삭제하겠다고 했으니 가지고 있는 건 확실하다.

하지만 삭제한다는 말을 믿어도 될까?

아니다. 노형진은 안 믿는다.

중국인이란 그렇다.

믿음을 갖기에는, 그들은 너무 얍삽하다.

"바로 나처럼 말이지."

노형진은 그나마 못 쓰게 된 외장 하드를 거의 조각을 내면서 휴대폰을 들어서 어디론가 전화했다.

"올려요. 제목은…… 그대로 가죠, 후후후."

⚖

'중국 공산당 위원의 즐거운 성생활'이라는 이름으로 인터넷에 올라간 영상.

그건 공산당 중앙위원회 위원 중 한 명이 얼나이들과 관계하는 걸 찍은 것이었다.

그건 무서운 속도로 전 세계에 퍼졌다.

그러자 그 위원은 모든 책임을 지고 사임했고 그를 향한 집중적인 조사가 시작되었다.

그런데 정작 그자는 둥륜이 아니었다.

"왜 엉뚱한 사람 걸 올린 거예요?"

고연미가 어리둥절한 표정으로 물었다.

"둥륜의 영상을 올리면 그놈은 보복으로 걸스쿨의 영상을 뿌릴 수도 있으니까요. 제가 장담하는데, 그놈은 사본을 가지고 있고 지금까지 절대 지우지 않았습니다."

"그런데 이건 왜……?"

"협박이지요."

우리는 실제로 이걸 올릴 의지가 있고 능력이 되니, 영상이 올라갔을 때 어떻게 되는지 두 눈으로 똑똑히 보라는 협박.

"그럼 애꿎게 당한 사람만 억울한 거군요."

"딱히 억울할 건 없을 겁니다."

이미 노형진은 모든 중앙위원회 위원들의 이런 영상을 가지고 있다.

없어서 못 쓰는 게 아니다.

아직 필요가 없을 뿐이다.

"다만 이번에 공개된 의원은 혐한이 좀 심해서요."

속된 말로 전쟁을 통해서라도 한국을 먹어야 한다고 하는 인간이었다.

노형진은 협박과 동시에 쓸데없는 적을 날려 버린 것이다.

"아마도 그걸 보면 진심으로 삭제하고 싶어질 겁니다."

"진짜로요?"

"중앙당 위원이 될 정도면 바보가 아닙니다."

왜 전혀 상관없는 위원의 영상이 올라갔는지, 그가 모를 리가 없다.

"아마 제가 자기 말고도 많은 위원들의 영상을 가지고 있다는 걸 알아차렸을 겁니다. 그리고 그게 공개되는 이유가 자기 때문이라는 것도요."

만일 이 상황에서 노형진이 이게 공개된 이유가 등륜 때문이라고 해 버리면 모든 중앙당 위원들이 달려들어서 등륜을 밟을 것이다.

"그리고 현실적으로 중국에서 그러한 경우에 기다리는 건 숙청이지요."

총살되거나 평생 노역하거나 영원히 감옥행.

그걸 알게 된 등륜은 절대 걸스쿨의 영상을 못 뿌린다.

그러니 지울 수밖에 없을 것이다.

노형진의 설명을 듣고 곰곰이 생각에 잠겼던 고연미는 고개를 끄덕였다.

"흠…… 이해는 하겠네요. 그러면 이제 다 해결된 건가요?"

텐진은 언론을 통해 계약에 약간의 문제가 있었기에 계약 자체가 무효라고 발표했다.

"아니요. 아직 밟아 버릴 놈이 남아 있습니다."

"누구요? 이제 걸스쿨은 자유 아닌가요?"

"그럴 리가요. 주장원이 남아 있잖습니까."

"네? 계약이 해지되었잖아요?"

"해지된 게 아니라 무효죠."

계약의 무효는 취소와 다르다.

취소는 그 법률행위가 그 순간부터 효력을 잃어버리지만, 무효는 그 법률행위가 애초에 처음부터 효력이 없었다는 의미다.

"그 말은, 엄밀하게 말하면 베스트엔터테인먼트와 걸스쿨의 계약이 아직 존재한다는 걸 의미하는군요."

"맞습니다."

노형진은 고개를 끄덕거렸다.

계약을 넘긴 게 무효라면 그 전에 있던 계약은 엄밀하게 말하면 살아 있는 셈이니까.

"아마도 주장원은 그렇게 주장할 겁니다. 이번이 기회니까요."

사실상 빼앗겼다고 생각한 걸스쿨을 되찾을 수 있는 기회를, 과연 그가 포기할까?

그럴 가능성은 높지 않다.

"이제는 주장원과 싸워야 할 시간입니다, 후후후."

노형진의 예상대로 주장원은 걸스쿨에게 계약이 지속됨을 주장하면서 돌아올 것을 요구했다.

하지만 노형진은 그에 당할 생각이 전혀 없었다.

"주장원에게도 계약 부존재 소송을 할 겁니다."

"하지만 그게 가능한가요?"

멤버들은 이제는 지쳐 버린 모습이었다.

하나의 고난에서 겨우 벗어난 것 같은데 또 다른 고난이라니.

"가능하지요."

노형진은 실실 웃었다.

가능하지 않다면 애초에 시작도 안 했다.

아니, 가능할 수밖에 없었다.

"계약이 무효화되었다고 해서 사실이 사라지는 것은 아니니까요, 후후후."

노형진은 눈을 번뜩이며 말했다.

계약이 유지됨을 주장하고 나선 주장원. 기본적으로 이런 경우 계약이 무효이기 때문에 그게 맞을 수도 있다.

하지만 주장원이 생각하지 못한 부분이 하나 있었다.

"친애하는 재판장님, 이 사건에서 주장원은 걸스쿨 멤버들을 사실상 노예로 팔아먹었습니다."

계약이라는 게 그렇다.

무조건 그냥 도장 찍는다고 계약되는 것이 아니다.

특히 연예인 같은 경우는 각 회사에 속해 있고, 그 소속을 변경하려면 그 회사의 동의가 있어야 한다.

그래서 해외 스포츠에서는 이적료라는 이름으로 어마어마한 돈이 움직인다.

"그건 무효화되었습니다, 재판장님."

"계약이 무효화되었다지만 그 사실이 사라지는 것은 아니지요."

노형진이 애초에 노린 게 이거였다.

주장원은 아마도 자신에게서 먼저 빼앗아 갈 걸 생각해서 그녀들을 감췄을지도 모른다.

하지만 노형진은 그렇게 어렵게 할 생각이 아니었다.

물론 그럴 수는 있지만 그랬다가는 시끄러워지고, 결정적으로 베스트엔터테인먼트와 주장원이 그 시점에서는 크게 잘못한 게 없기 때문에 계약을 무효화하려면 여러모로 힘들었다.

'하지만 지금은 아니지.'

언론에 나갈 정도로 커져 버린 사건. 그리고 사실상 자국 여성을 성 노예로 중국에 넘기는 계약 조항들.

"그건 입증되지 않았습니다, 재판장님!"

주장원 측의 변호사는 다급하게 외쳤다.

그 말도 사실이기는 하다.

그럴 수밖에 없다. 결국 그 계약서는 세상에 공개되지 않았으니까.

하지만 공개되지 않았기에 도리어 신빙성이 있었다.

"현실적으로 그렇게 말이 안 되는 계약이 성립 가능할 리가 없지요."

"없는 계약서를 증명할 수는 없습니다."

"그래요? 그렇다면 어째서 베스트엔터테인먼트와 주장원 씨는 걸스쿨의 활동에 이의를 걸지 않았나요?"

"그건……."

현실적으로 걸스쿨은 중국에서 잘나가는 걸 그룹이고, 누군가 그 이권에 끼어들려고 하면 소속사는 당연히 저항하거나 이의 신청을 해야 한다.

"그런데 지난 며칠간 중국의 텐진엔터테인먼트에서 소유권을 넘겨받았다고 주장하면서 언론 플레이를 하고 뉴스에 내보낼 때, 피고 측은 왜 그걸 반박하지 않았습니까?"

현실적으로 본다면 그런 말이 나오기 무섭게 반박 성명을 내거나 기자회견을 했어야 했다.

하지만 베스트는 그러지 않았다.

"그건 상대할 가치가 없어서였습니다."

"그래요? 하지만 기업 일이라는 게 상대할 가치도 없는 수준입니까? 저희가 알기로는 걸스쿨의 주요 활동 무대는 중국이고 또한 텐진은 중국에서도 상당히 영향력이 있는 회사인데요?"

"……."

"그리고 피고 측 변호인, 그 부분은 그렇다고 친다고 해도 말입니다."

노형진은 미리 법원을 통해 조사한 기록을 내밀었다.

"이 기록에 따르면 피고 측인 주장원은 텐진 측으로부터 정체 모를 자금 100억을 받았습니다. 이 돈은 뭡니까?"

"투자금입니다."

"투자금요? 그러면 투자 계약서를 보여 주실 수 있습니까?"

그런 게 있을 리가 없다.

"그건 기밀입니다."

"기말이라는 말로 넘어갈 수가 없는 상황입니다. 피고 측, 현 상황은 실질적으로 인신매매에 가깝습니다. 그렇지 않나요?"

"그건……."

노형진의 말이 계속될수록 상대방 변호사는 사색이 될 수밖에 없었다.

그가 아무리 노력해도 이번 사건은 허점이 너무 많았다.

아니, 허점만이 문제가 아니었다.

"모든 말이 맞다고 칩시다. 투자금이 들어왔고 텐진이 그걸 빌미로 협박했고."

물론 말도 안 되는 소리다. 지금 걸스쿨이 1년에 벌어들이는 돈이 중국에서 한 해 500억이 넘는다.

그런데 그걸 고작 100억에 넘긴다?

머리에 총을 맞지 않은 상황에서야 누가 그런 말도 안 되는 조건을 받아들이겠는가?

하지만 노형진은 그걸 알면서도 그들에게 수긍해 줬다.

"하지만 그 모든 게 맞다고 해도 한 가지 사실은 변하지 않습니다. 피고 측은 원고의 보호에 전혀 관심이 없었다는 거지요."

"그건······."

"그렇지 않다면 인터넷에 올라간 영상에서 벌어진 일에 대해 어떻게 설명하실 겁니까?"

숨어 버린 걸 그룹. 그리고 그녀들을 보호하다가 끌려 나간 매니저.

물론 매니저는 미래를 보고 이미 노형진 측에 들러붙었다.

그리고 노형진은 그를 증인석에 부르지 않았다.

그건 위증이니까.

하지만 그렇다고 해도 상대방, 즉 피고 측도 그를 부를 수는 없었다.

부르는 순간 터무니없는 조건으로 팔아먹은 게 인정될 테니 말이다.

"아, 그 부분에 대해서는 더 이상 이야기하지 않겠습니다."

"으음."

그 말을 듣고 있던 기자들과 판사의 얼굴이 착잡해졌다.

왜 그 이야기를 하지 않는지 알기 때문이다.

그 안에서 어떤 비참한 일이 벌어졌을지, 이미 그들의 머릿속에서는 별의별 생각이 다 떠오르고 있었다.

"그 상황이 되도록 피고 측에서 한 게 뭐가 있지요?"

"저희는 최선을 다해서 보호를……."

"글쎄요. 원고 측에서 봤을 때 현실적으로 어떠한 보호 조치가 행해졌는지 알 수가 없네요."

노형진은 그렇게 말하고는 재판장을 바라보았다.

"재판장님, 기본적으로 엔터테인먼트라는 기업의 목적은 연예인을 키워서 데뷔시키는 것입니다. 하지만 부차적으로 그 과정에서 발생하는 피해에 대해 연예인을 보호하는 것 역시 중요 업무 중 하나입니다. 하지만 피고 측은 그러한 보호 노력을 하지 않았습니다. 또한 부당한 계약이 이루어지는 상황에서 소속사로서 방치하고 그 이후에 어떠한 도움을 주거나 법률적 서비스를 제공하지도 않았습니다. 신의성실의원칙이란 간단합니다. 계약을 맺었다면 그 최소한의 임무를 다해야 합니다. 하지만 이 사건에서 보면 피고 측은 어떠한 보호 노력도, 심지어 사후 해결 노력도 보이지 않았습니다. 사실상 신의성실의원칙은 깨졌다고 볼 수 있습니다. 이에 저희 원고 측은 전속 계약의 이유가 사라졌다고 생각하며 이를 해지하기를 원합니다."

노형진의 말에 상대방 변호사는 똥 씹은 얼굴이 되어 버렸다.

"아마 큰 변수가 없다면 해지는 이루어질 겁니다."

주장원은 멍청한 짓을 했다.

물론 상대방이 무서운 건 안다.

하지만 주장원이 돈을 포기했다면 그 아이들이 그 정도로 추락하지는 않았을 것이다.

하지만 주장원은 돈을 포기하지 못했다.

'하긴, 그릇이 다르니까.'

결과적으로 그는 멍청한 선택을 했고, 현 상황에서 이변이 없다면 계약은 해지된다.

"텐진이 도와주지 않을까요?"

고연미는 우려 섞인 말투로 말했다.

하지만 노형진은 고개를 흔들었다.

"베스트엔터테인먼트는 텐진과의 계약을 끊어야 합니다. 계약을 이어 가는 것 자체가 말이 안 되지요."

"왜요?"

"이미 골드존이 접근했거든요."

"아하!"

텐진 역시 상당한 규모의 기업이기는 하지만 노형진이 직접 키운 골드존은 그곳과 비교도 못 할 정도의 규모를 가지고 있다.

"그러니 당연히 텐진과의 계약을 끊어야 합니다. 수익 면에서도 비교가 안 되니까요."

중국에서 500억이라고 하면 큰돈 같아 보인다.

하지만 고작 그 수익으로 미국이 중국의 자본에 설설 길까?

그럴 리가 없다.

한류를 제대로 타면 1년에 5천억은 우스운 게 중국이다.

그것도 기업이 아니라 연예인이 말이다.

그러니 텐진이 이제 막 성장하기 시작하는 걸스쿨을 탐낸 거고.

"물론 텐진의 둥룬은 이제 걸스쿨을 막을 생각도 못 할 테고."

속은 쓰리겠지만 어쩌겠는가?

이쪽은 그의 목을 확실히 쥐고 있다.

단순히 약점을 잡고 있다는 게 아니다.

그가 가진 영상이 공개되는 순간 그는 무조건 총살감이다.

"그러니 어쩔 수 없이 거래를 끊어야 하지요. 그리고 골드존과 거래하려고 할 테고. 바로 그때가 우리가 움직일 때입니다."

"어떻게요?"

"골드존과 거래하기 시작하면 베스트는 어마어마하게 커질 겁니다. 그걸 알기에 지금 주장원은 못 놔주고 있는 거고요. 그러니 어떻게든 설득을 하려고 하겠지요."

"그냥 있어도 해지되잖아요? 그렇게 복잡하게 할 필요가 있어요?"

고연미는 고개를 갸웃했다.

어차피 재판에서는 이긴 싸움이다.

그런데 노형진이 굳이 이렇게 함정을 파는 이유를 그녀는 알 수가 없었다.

"걸스쿨 쪽에서 조용히 연락이 왔습니다. 혹시 형사처벌이 가능하겠냐고 물어보더군요."

"형사처벌요? 으음…… 왜요?"

"그 애들이 처음 성 상납을 할 때, 미성년자도 있었다고 하더군요."

고연미는 살짝 눈을 찡그렸다.

그리고 시간을 대충 계산해 보니 이해가 갔다.

"그러고 보니 그 애들, 생각보다 오래된 애들이네요."

한국에서 잘 활동하지 않아서 그렇지, 중국에서 활동한 지

벌써 4년 차다.

그러니 가장 나이 어린 막내는 그때 미성년자일 수밖에 없다.

"그리고 그 당시에 그 아이들은 엔터테인먼트조합 소속이었습니다."

"설마……."

"조합에서는 이런 교육을 절대 사장에게만 하지는 않지요."

사장에게 죽어라 성 상납 시키지 말라고 해 봐야 돈만 된다고 하면 양심을 버리는 놈들이 넘쳐 난다.

엔터테인먼트 종사자의 80%는 양아치라는 말이 그냥 생긴 말이 아니다.

그만큼 신뢰가 가지 않는 사람들이 많다는 의미다.

"그래서 연예인들에게, 특히 연습생들에게 하지요."

만일 회사에서 강제한다면, 조합에 이야기하면 보호해 준다고 말이다.

"그런데도 성 상납이 이루어졌습니다. 중국 진출 초기에는 분명 조합 소속이었는데도."

노형진이 여기까지 말하자 눈치 빠른 고연미는 바로 알아챘다. 그런 경우 답은 하나뿐이다.

"협박."

"그렇습니다. 중국이니까요."

한국이라면 분명 조합에서 도와줄 수 있다.

하지만 중국이라면? 불가능하다.

"그래서 중국에서 시작했을 수도 있지요. 어쩌면 주장원이 직접 강간했을 수도 있고요."

고연미의 얼굴이 창백해졌다.

하지만 부정은 못 했다.

실제로 돈 많은 놈들 중에는 분명 그런 놈들이 있다.

나이 어린 애들을 데뷔시켜 준다고 데리고 있으면서 성 노예 취급하다가 다른 소속사에 넘겨 버리는 것이다.

그리고 그렇게 넘어간 소속사도 당연히 비슷한 부류에 속한다.

"걸스쿨이 이야기하지는 않지만 아마도 그 과정에서 협박과 폭력이 동반되었을 가능성이 높습니다."

중국에서 주장원어 범죄를 저질렀다면?

한국에서는 그를 처벌할 실질적인 방법이 없다.

조사? 그게 가능할까?

이미 성공해서 적지 않은 돈을 버는 그녀들이다. 그런데 거기서 그런 추문이 터지면 그대로 추락하게 된다.

"한국의 80~90년대와 같군요."

"중국이니까요."

"그러면 노 변호사님이 원하는 건……?"

"제가 원하는 건 '의뢰인이 원하는 거'죠."

그런데 문제가 있다.

현 상황에서 주장원은 엄밀하게 말하면 자본에 눌린 피해자다.

당연히 소송해서 계약을 해지할 수는 있을지언정 법적으로 처벌하지는 못한다는 거다. 일단은 '피해자'니까.

"주장원이 편하게 살게 놔둘 수는 없으니까……."

그래서 노형진은 이렇게 복잡한 행동을 하는 거다.

"하지만 지금 걸스쿨은 그쪽을 피해서 도망 다니고 있잖아요. 이쪽에서 접근하면 도리어 경계하지 않겠어요?"

"물론 이쪽에서 먼저 접근하면 문제가 되겠지요. 하지만 우리가 먼저 접근하지 않는 거라고 생각하게 하면 됩니다."

"어떻게요?"

"걸스쿨의 동선을 그들에게 보여 주면 됩니다."

고연미는 고개를 갸웃했다.

이쪽은 철저하게 걸스쿨을 감추고 있었다. 혹시나 접근하면 여러모로 곤란하니까.

"설마 그쪽에 전화해서 동선에 대해 이야기하실 생각은 아니죠?"

노형진은 고개를 흔들었다.

그런 뻔한 함정은 안 쓴다. 그들 스스로 자기들이 정보를 얻었다고 생각해야 한다.

"걸스쿨은 중국에 자기 숙소가 있습니다. 하지만 그들은 현재 회사와 소송 중이지요. 그러면 어떻게 할까요?"

"아…… 짐을 빼는 걸 선택하겠군요."

"맞습니다."

노형진은 고개를 끄덕거렸다.

"주장원의 입장에서는 그때가 유일한 기회입니다. 어떻게든 잡아야 할 겁니다. 그러지 않으면 다시는 못 보게 될 테니까요."

노형진은 그때를 노릴 생각이었다.

⚖️

"뭐? 중국으로 출국했어?"

어떻게든 걸스쿨을 설득하려던 주장원은 직원의 말에 귀가 솔깃했다.

"네. 중국에 있는 숙소에서 짐을 뺀다고, 포장해 두라고 연락이 왔답니다."

"헉! 이 개 같은……."

즉, 아예 자신과 연을 끊어 버리겠다는 의미다.

"아니, 다른 곳으로 간 상황도 아니잖아? 숙소는 어쩌고?"

"일단 본가로 들어갔다가 협의를 통해 새로운 소속사를 찾는다고 합니다."

주장원은 마음이 급했다.

그가 어떻게 키운 걸 그룹인가?

성 상납도 시켰지만 사실 중국인들은 돈을 좋아한다.

이것이 법이다

그가 뿌린 돈만 수십억이다.

한국에서 성공하고 한류를 탄 게 아니라면, 중국 방송에 출연하기 위해서는 뇌물이 필수였다.

그렇게 고생해서 띄웠다.

강제로 빼앗기는가 싶었다가 그나마 되찾는다고 생각해서 좋아했는데 자신과 계약 파기를 하겠다니.

"바로 중국으로 가는 비행기를 확인해 봐."

현 상황에서 그는 어떻게든 그녀들의 마음을 돌려야 했다.

그러지 않으면 다시 그만큼 돈을 벌 수 있는 그룹을 만들 수 있을지 알 수 없으니까.

⚖️

"저희는 듣기도 싫어요."

걸스쿨은 단호했다.

이미 더러운 꼴을 다 당했다.

그나마 노형진이 소개해 준 회사가 멀쩡한 기업이 아니었다면 아마도 연예계 은퇴를 생각했을 것이다.

"너희 진짜 그럴래? 내가 너희를 키우려고 얼마나 고생했는지 알아?"

"그 부분은 고맙게 생각해요. 하지만 그러셨으면 끝까지 저희를 지켜 주셨어야 하는 거 아니에요?"

"맞아요. 그런데 저희를 버리셨잖아요."

"나도 피해자라니까!"

"피해자 같은 소리 하지 마세요. 돈 받으셨잖아요? 그러면 피해자가 아니죠!"

"맞아요! 하다못해 언론에라도 도움을 요청하든가 해야 했던 거 아니에요?"

걸스쿨의 말에 주장원은 화가 났다.

걸스쿨을 만든 게 그다.

그런데 이제 와서 반기를 들다니.

"너희들이 그러고도 멀쩡할 것 같아? 어?"

"멀쩡하지 않으면 어쩔 건데요? 전처럼 때릴 거예요?"

"뭐?"

"우리 강제로 호텔 방에 집어넣을 때처럼 때릴 거냐고요!"

좋아서 성 상납을 하는 사람은 없다.

애초에 좋아서 관계를 맺었다면 그건 상납이 아니라 정상적인 애정 관계다.

"우리를 중국에서 활동할 수 있게 해 준다고 끌고 와서 두들겨 팬 건 사장님이잖아요."

걸스쿨은 미리 노형진에게 모든 대응책을 배운 상태였다.

설사 배우지 않았다 해도, 지금까지 당한 일에 대한 분노가 하늘을 찌를 듯이 쌓여 있었다.

"우리를 두들겨 패면서 성 상납을 하지 않으면 너희 같은 년들은 뜨지도 못할 거라고 그랬잖아요!"

"나 좋자고 그랬냐! 다 같이 뜨려고 한 거 아냐! 너희도 좋다고 즐겼잖아?"

"즐기기는 뭘 즐겨요! 그렇게 사람을 패고 밀어 넣는데 어떻게 즐겨요!"

악다구니를 쏟아 내는 멤버들.

그 모습을 보면서 주장원은 눈이 돌아갔다.

"이년들이, 키워 줬더니 미쳤네? 그래서 뭐 어쩔 건데? 그래서 나간다고?"

"나갈 거예요! 당신이랑 같이 일하느니 차라리 연예계를 은퇴하겠어!"

"이 개 같은 년들이! 해 봐! 해 봐! 너희한테 관심이 뭔 5년, 10년 후까지 갈 것 같아? 내가 너희들 못 죽일 것 같아? 이 개 같은 년들아! 내가 너희들 죽여 버린다. 너희도 알 텐데! 너희들 손봐 준 사람들이 그냥 동네 아저씨인 줄 알아?"

여기는 중국이다. 그리고 중국에 온 이상 한국 정부가 그들을 보호하지 못한다는 걸 안다.

"그래, 막나가자? 그러자. 너희가 한국에 들어가려고? 가 봐! 너희가 공항까지 제대로 갈 수 있을 것 같아? 중국에서 실종되는 사람들이 한두 명이라고 생각해?"

바락바락 소리를 지르는 주장원.

걸스쿨은 아무런 말도 못 하고 주춤주춤 뒤로 물러났다.

"그래, 이제야 나한테 맞을 때의 그 고통이 생각나냐? 어? 이 개 같은 년들. 너희는 어디로도 도망 못 가."

이죽거리면서 말하는 주장원.

한국에서의 상황이 복잡하다지만 여전히 걸스쿨은 중국에서 잘나가는 걸 그룹이다.

그들을 이용할 수 있다면 그는 문제가 될 것이 없다.

"그렇게는 안 될 거예요."

"왜? 지금 공안에 신고하게? 해 봐. 공안이야 돈 몇 푼만 주면 다 덮을 수 있어. 네년들을 즐기게 해 준다고 하면 아마 나한테 무릎도 꿇을걸. 지금까지 그래 왔잖아? 안 그래?"

주장원은 이죽거림을 계속하며 걸스쿨을 위협하기 위해 분위기를 잡으면서 다가왔다.

그리고 그제야 그녀들의 품에 숨겨진 핸드폰을 발견했다.

"아이고, 이런 깜찍한 년들을 봤나. 그걸로 나를 고소하려고? 그게 될 거라고 생각해? 여기는 중국이야."

당연히 그녀들을 도와줄 사람은 없다.

그는 그렇게 생각했다.

하지만 그건 주장원의 생각일 뿐이었다.

"그건 당신 생각이고."

"응?"

무심결에 고개를 돌린 주장원은 사색이 되었다.

입구로 들어오는 남자들.

그중에서 노형진을 알아본 것이다.

"중국은 자본주의를 받아들였지. 그리고 돈만 있으면 경호원을 고용하는 건 어려운 일이 아니고."

"너, 너는……."

"내 소개를 할 필요는 없잖아, 주장원?"

이번에는 노형진이 이죽거렸다.

"아저씨!"

후다닥 다가오는 걸스쿨. 그리고 그녀들은 핸드폰을 내밀었다.

멤버 모두가 똑같이 녹음과 녹화를 했으니 이제 조작이라는 말은 통하지 않게 될 것이다.

"이제 가요. 공항에 비행기를 예매해 놨습니다."

멤버들은 후다닥 방을 나섰다.

짐? 애초에 관심도 없었다.

이곳에 있던 짐들은 그녀들에게 오욕을 상기시켜 줄 뿐이었다. 아마 노형진의 말이 아니었다면 절대 이곳으로 오지 않았을 것이다.

"너, 너……."

"물론 중국 공안이라면 네놈 말대로 돈을 받고 사건을 무마해 줄 수도 있지."

노형진은 그에게 다가가서 뺨을 톡톡 두들겼다.

"하지만 반대로 말하면, 돈만 주면 네놈을 끌고 간다고 해도 누구도 신경 쓰지 않는다는 거야. 그리고 보니 아까 그랬지? 뭐? 이 나라에 실종자가 얼마나 많은지 아느냐고?"

손이 덜덜 떨리는 주장원.

물론 노형진은 그를 그렇게 쉽게 보내 줄 생각이 없었다.

"끌고 가죠."

"자, 잠깐! 노 변호사님! 제발…… 제발 한 번만 제 이야기를 들어 주십시오!"

"아이고, 주 사장님. 그럴 생각은 없고요."

노형진이 눈짓하자 그에게 다가가서 강제로 끌어내는 경호원들.

노형진은 그렇게 끌려 나오는 주장원에게 차갑게 말했다.

"지금 공항에 가면 비행기가 있을 거다. 그걸 타고 한국으로 가. 물론 한국에서도 경찰이 기다리고 있겠지만."

비행기가 아무리 빨라 봐야 인터넷보다는 느릴 것이다.

그리고 노형진은 이미 공항에 사람을 보내 놨다.

이게 인터넷으로 넘어가는 순간 주장원은 현장에서 체포될 것이다.

"아니면…… 중국에 남는 수도 있지."

노형진의 말에 주장원은 아무 대꾸도 못 하고 부들부들 떨기만 했다.

"물론 중국에 남으면 감옥에는 가지 않을 거야. 하지만 아무것도 없겠지."

이것이 법이다

"뭐라고?"

"이미 네놈의 계좌는 민사소송을 통해 가압류가 들어가 있거든."

그 말은 여기서 주장원이 돈을 꺼내고 싶다고 해도 꺼낼 방법이 없다는 것이다.

"그리고 그 상황에서 네가 도주한다면 죄는 확정적이지. 그러니 그 계좌의 돈을 쓸 수 있는 날은 영영 오지 않을 거야. 말했다시피 여기 남아 있으면 감옥에는 가지 않겠지만…… 그건 나한테 잡히지 않았을 때의 얘기고."

주장원은 그대로 주저앉았다. 그가 할 수 있는 일이 없었다.

"그래도 좋게 생각하라고. 감방에 갔다 오면 뭐 푼돈이라도 남아 있지 않겠어? 후후후."

⚖

결국 한국으로 들어온 주장원은 폭행과 기타 범죄 혐의로 경찰에게 끌려갔다.

증거는 이미 나와 있었기 때문에 그를 체포하는 건 어렵지 않았다.

"그런데 의외로 도망가지 않았네요."

"돈이 문제니까요. 웃긴 일이지만요."

걸스쿨이 벌어 준 돈이 적지 않다.

물론 걸스쿨과 정산한 후의 문제가 있고 또 그녀들에게 배상하는 것도 문제겠지만, 그래도 적지 않은 재산이 남을 것이다.

"그런데 중국에서 도망가 버리면 결국 그 돈은 구경도 못하는 거죠."

"욕심 때문에라도 도망을 못 간다, 이거군요?"

아무리 못해도 수십억은 남을 텐데 그걸 버리고 도망갈 수 있는 인간이 아니다, 주장원은.

"결국 제대로 처벌하기는 하는 거네요."

"일단은 처벌할 수 있지요."

"여러모로 다행이네요."

걸스쿨은 중국에서는 골드존이, 한국에서는 대룡이 케어해 주기로 했다. 구설수가 없는 것은 아니나 그 이상의 가치가 있기 때문에 대룡은 기꺼이 그녀들을 받아들였다.

"하지만 여전히 중국이 문제네요."

"그렇지요."

중국은 점점 전 세계를 지배하기 시작한다.

시장성과 자본을 통해 말이다.

"그걸 막을 생각은 없으시죠?"

"전혀요."

노형진은 어깨를 으쓱했다.

"그 돈을 내가 다 먹을 수 있는데 그럴 이유가 없지요, 흐흐흐."

노형진은 중국이 돈을 벌도록 가만둘 생각이 없었다.

킹콩과 공룡의 싸움

둥둥둥. 스피커에서 울려 나오는 음악 소리.

노형진은 음악이 울려 퍼지는 파티장을 보면서 미소 지었다.

그리고 확신했다.

'난 역시 이거 재미없어.'

화려한 파티를 진짜로 하게 되었다.

가짜로 누군가를 속이기 위한 게 아니라 진짜로 순수하게 즐기기 위한 파티 말이다.

파티 비용만 30억. 최고급 술과 안주들 그리고 온갖 유명인들이 다 초대된 파티다.

그런데 재미가 없다.

"표정이 진짜 썩었네."

"그렇게 티 나냐?"

"누가 보면 파티 주최자가 아니라 여기 보디가드인 줄 알 겠다."

손채림은 노형진의 옆으로 다가와서는 피식 웃으며 말했다.

"음…… 재미가 없네. 뭐가 문제지?"

"몰라서 물어?"

"어."

"하긴, 넌 옛날부터 이런 쪽으로는 별로 재능이 없지."

어깨를 으쓱하는 손채림.

그녀는 노형진과 오랜 시간 알고 지냈다. 그랬기에 노형진 이 스스로도 모르는 걸 알고 있었다.

"넌 말이야, 절대 안 망가져."

"그게 문제야?"

"문제지."

어깨를 으쓱하면서 손가락으로 노형진의 시선을 어디론가 향하게 하는 손채림.

"뭐가 느껴져?"

"어…… 사람이 많다?"

"그거 말고는?"

"재미있어 보인다?"

"그리고?"

"딱히……."

"이제 뭐가 문제인지 알겠니?"

"아니."

"하아."

긴 한숨을 내쉬는 손채림.

"저기 수영장에 있는 미녀들은 말이야, 좋게 말하면 셀럽이고 나쁘게 말하면 여기서 누군가와 만나서 화끈한 밤을 보내고 싶어서 온 거야."

"그래서?"

"그래서라니! 그 화끈한 밤의 1순위는 당연히 파티를 주최한 셀럽이라고!"

"아……."

"'아……'가 아니야! 너 고자니? 아니면 동성애자야? 아니지?"

"글쎄."

노형진은 머리를 긁었다.

그러고 보니 어느 순간부터 여자가 그다지 여자로 안 보인다.

그나마 보이는 거라면…….

'일거리.'

과연 저 사람에게는 무슨 일이 있을까?

저 사람에게는 어떤 법률적 문제가 있을까?

저 사람을 어떻게 써먹을 수 있을까?

"엠버에게 방탕하게 놀고 싶다고 했다며? 마약은 나도 꿈도 안 꾸고, 술이야 체질이 안 된다고 하니까 그렇다고 쳐. 그래도 최소한 미녀가 눈에 보이면 작업이라도 쳐야 하는 거 아냐?"

"그, 그런가?"

"그런가? 그런 말이 나와? 지금 여기에 온 셀럽들은 뭐 수도회에 온 줄 아니? 파티의 절반은 여자를 꼬시는 거라고, 이 화상아!"

손채림의 말에 노형진은 주변을 보면서 입맛을 다셨다.

'그러고 보니…… 그렇지…….'

서양에서 이런 풀 파티라는 걸 할 때 의외로 많이 부르는 것이 바로 콜걸이다.

흥을 위해, 혹은 한국식 표현을 빌리자면 '수질 관리'를 위해서다.

누군가는 부도덕하다고 할지도 모르지만 이런 수영장까지 딸린 풀 파티에 남자만 가득하면 여자 손님들도 부담스러워하고 볼 것도 없다.

그래서 대부분의 업체에서는 일단 수영장에서 시선을 이끌어 줄 모델을 당연히 섭외하고, 그 안에 콜걸을 몇 명 넣음으로써 일종의 분위기 쇄신 역할을 하게 한다.

모두가 철벽을 치는 상황이면 분위기가 싸늘해지니까.

"아, 그랬지."

"도대체 왜 갑자기 이런 파티를 하자고 한 거야?"

"글쎄, 나도 잘…… 모르겠는데?"

갑자기 이런 파티를 하고 싶다는 생각이 들기는 했다.

하지만 그런다고 해서 뭔가 바뀐 것은 아니다.

'진짜 뭐가 바뀐 거지?'

생각해 보면 자신이 이런 파티와는 취향이 맞지 않는다는
건 스스로가 알고 있었다.

그런데 갑자기 이런 파티를 하겠다고 했다니.

"뭐, 재미있으면 된 거지."

"참, 남한테 기부하는 방법도 다양하다."

손채림은 혀를 끌끌 찼다.

물론 그녀가 노형진을 강제로 수영장에 밀어 넣을 수는 있
다.

하지만 그 안에서 노형진이 여자들에게 부비적거리면서
꼬실 가능성은 높지 않다.

'가만두자.'

놀 사람은 놀고 아니면 말면 되는 거다.

"그래, 네 마음대로 놀아라. 뭐, 눈요기를 하든 명상을 하
든."

"허허허."

그저 헛웃음만 짓는 노형진.

그런 노형진이 의외로 기분이 좋아 보여서일까?

"이번 파티의 주최자시죠? 반갑습니다. 폴 파타라고 합니다."

"아, 네."

"오늘 파티가 굉장히 즐겁네요, 하하하."

이런 풀 파티는 아는 사람만 부르는 게 아니다.

그 지역의 셀럽이나 유력 인사를 불러오기도 한다.

"반갑습니다. 노형진입니다."

노형진은 그의 손을 잡으면서 웃었다.

일단 먼저 접근한다는 것 자체가 그에게 적의가 없는 사람이라는 거다.

'그리고 옆에 미녀를 두 명이나 끼고 있는 걸 보니 진짜 재미있게 놀고 있는 것 같고 말이지.'

더군다나 풀 파티다.

수영장에서 수영복을 입고 하는 파티에서 시계를 찰 이유가 없다.

그런데 남자의 손목에 차여 있는 시계는 폴택이라는 세계적인 명품 브랜드다.

여자를 꼬시러 왔고 성공했다는 거다.

'좋겠수다.'

노형진은 겉으로는 드러내지 않으면서 그의 인사를 받았다.

"그런데 누구신지……?"

"아, 저는 파타의료재단을 이끌고 있습니다."

"파타의료재단요?"

"네. 작은 병원을 몇 개 가지고 있습니다."

그는 웃으면서 말했다.

그리고 그 순간 그의 기억이 노형진의 뇌리를 파고들기 시작했다.

"어…… 지금 방금 파타의료재단이라고 하셨나요?"

"네, 하하하."

"파타의료재단이면 어마어마한 곳인데, 대단하시네요!"

옆에 있던 손채림은 탄성을 내질렀다.

"뭐, 미스터 노에 비하면 작죠."

"작긴요."

물론 말은 그렇게 했지만 속으로는 그렇게 생각하지 않고 있었다.

'어마어마하군.'

파타의료재단. 미국에 그 안에 속한 병원만 무려 스물여섯 개.

그것도 작은 의원급도 아니고 모두 다 한국으로 치면 서울 대학병원급의 종합병원 시설을 가진 곳이다.

의료보험이 민간으로 넘어가 있는 미국에서 그 정도 숫자의 병원이면 한국의 어지간한 대기업 수준의 수익이 난다.

"덕분에 오늘은 행복하게 놀 것 같네요."

인사하고는 양옆에 있는 건물로 올라가는 폴 파타.

노형진은 멀어지는 그를 보면서 작게 말했다.

"아무래도 왜 이 파티를 해야 했는지 알 것 같은데?"

손채림이 걱정스러운 얼굴로 말했다.

"혹시…… 너…… 그쪽은 아니지?"

"응? 아, 아니야. 아니야."

이죽거리면서 웃는 노형진.

"하지만 저 남자에게 관심이 가기 시작했어."

손채림은 소름이 돋는다는 표정으로 부르르 떨었다.

⚖️

"폴 파타. 파타의료재단의 대표입니다. 재산은 대략 10조 정도 되고요. 미국에서도 알아주는 명문가죠."

파티가 끝나기 무섭게 폴 파타에 대해 알아봐 달라고 요청한 노형진 때문에 황급히 조사해 온 엠버였지만, 설명하면서도 그 이유를 알 수 없어 고개를 갸웃거렸다.

"도대체 그 사람에 대해 왜 알아보라고 한 거야?"

궁금하다는 표정으로 손채림은 노형진에게 재차 물었다.

사실 그는 잘생긴 얼굴도 아니고 나이가 노형진과 비슷한 것도 아니다.

그는 50대에 가까운 대머리의 남자다.

'기억을 읽었다고 할 수는 없고.'

노형진은 테이블을 톡톡 두들겼다.

하지만 이건 어디서 얻은 정보라고 하기도 참 애매하다.

만일 노형진이 폴 파타에 대해 알았다며 모를까, 현장에서는 못 알아봤으니까.

물론 대응책이 없는 건 아니다.

사실 어떻게 말하든 상관없기는 하다. 노형진이 노리는 건 폴 파타가 아니라 파타의료재단이니까.

"폴 파타를 거기서 만난 건 의외지만요, 파타의료재단에 대한 정보가 있었거든요."

"정보요?"

"네."

노형진의 말에 엠버는 움찔했다.

노형진, 미다스의 정보력은 어마어마하다고 생각하고 있으니까.

"도대체 무슨 건이기에 미다스까지 끼어들 정도인 거죠?"

"파타……뿐만이 아닐 수도 있습니다만."

"그게 무슨 말이죠?"

"파타의료재단만의 문제가 아니라고? 무슨 사이즈가 그렇게 커?"

손채림도 질렸다는 표정으로 말했다.

파타의료재단은 손채림이 관리하는 많은 기업들 중 하나

다.

최소한 미국에서 그들의 입지는 아주 확고하다.

"파타의료재단이 허위 진료를 하고 있다는 정보가 있습니다."

"허위 진료?"

"그게 무슨 말이지요, 미스터 노? 허위 진료라니요? 그게 가능한가요?"

'가능하니까 문제지.'

한국에도 있는 일인데 미국에 없을 리가 없다.

'생각해 보면 미국에서는 그런 사건이 이슈화된 적이 없네. 도대체 로비를 얼마나 많이 한 거야?'

미국은 어마어마한 의료비를 자랑하는 국가다. 그런 나라에서 허위 진료가 없을 리가.

"그런 이야기는 처음 들어 봤는데?"

"저도 마찬가지입니다. 미다스가 관심을 가질 정도라니…… 도대체 어떤 내용이길래?"

손채림도 엠버도 궁금한 표정이었기에 노형진은 그냥 바로 말하기로 했다.

"말 그대로입니다. 허위 진료라는 거죠. 없는 병을 치료하는 거요."

"아니, 왜요?"

"돈이 되니까요. 엠버, 만일 미국에서 암에 걸렸다고 하면 그 치료비가 얼마나 나올 거라고 생각하십니까?"

"아, 음…… 수억이겠지요."

한국의 모 연예인이 미국에 갔다가 긴급 수술 이후에 병원비로 5억이 나온 건 유명한 이야기다.

하물며 그건 암처럼 장기간 오래 치료해야 하는 것도 아니고 응급수술이었다.

예를 들어 암을 치료하는 데에는 수술비와 방사선치료비, 기타 병원비 등등이 전부 필요한데, 이 비용은 10억 가까이 될 수도 있다.

"그런데 왜요?"

"그러면 제가 질문을 바꿔 보죠. 만일 의사가 누군가에게 암이라는 진단을 내렸다면 그 사람은 그게 사실인지 확인할 방법이 있나요?"

"어…… 음…… 아…… 힘들겠군요. 아, 설마……?"

엠버는 눈치가 빨랐다.

그리고 손채림 역시 눈치가 빨랐다.

전 세계를 돌면서 미국 역시 많이 다녀서 누구보다 잘 아니까.

"아…… 힘들겠지."

"맞아요. 사실상 힘들죠."

미국의 민간 의료보험은 모든 병원에서 적용되는 게 아니다.

특정 보험 상품은 특정 의료 재단과 거래하는 식이다.

즉, 급하게 다른 곳으로 간다고 하면 보험이 적용되지 않는다.

"만일 파타에서 암 진단을 받으면 다른 곳에 가서 다시 진단할 수 있을까요?"

"힘들죠. 일반인이라면 불가능에 가까울 거예요."

암 진단이라는 것은 혈액검사로 끝나는 게 아니다.

그건 기본이고, CT나 MRI 등 최신 기술이 다 동원된다.

"만일 보험이 없는 상황에서 그 진단을 새롭게 받으려면…… 3천만 원에서 5천만 원 정도의 돈이 들어갈 거예요."

"그 검사를 보험사에서 보장해 줄 가능성은?"

"제로죠."

미국의 보험사는 보험료를 보전하기 위해 온갖 소송을 다한다.

한 곳에서 이미 병이 확진되어 보험료를 제공했는데 그게 미심쩍다고 다른 곳에 막대한 병원비를 제공하고 재검사를 받는다고 하면, 미국의 보험사의 패턴을 생각하면 100% 소송을 통해 해당 돈을 주지 않으려고 한다.

아마도 그것만 안 주려고 하는 것뿐만 아니라 그걸 핑계 삼아서 아예 치료비 전체를 안 주기 위한 소송도 불사할 것이다. 쓸데없이 이중으로 돈을 쓰게 만들었다면서 말이다.

"그 말은 그게 진짜인지 확인할 방법이 없다는 거죠."

"설마, 파타에서 그런다는 거야?"

"일단은 그래."

일단은 파타에서 그러한 행동을 하고 있다.

노형진이 그 순간 짧게 읽어 낸 기억이었다.

'어쩌면 파타뿐만 아니라 다른 곳도 그럴지도 모르지.'

어떤 곳이든 간에 미국의 시스템 특성상 재검을 통한 질병의 확정은 어마어마한 비용 때문에 힘들다.

"파타…… 파타……. 하긴…… 그런다고 해도 현실적으로 여기서 그걸 알아낼 방법이 없네요. 설사 보험사에서 검사비를 준다고 해도 결국 제휴된 병원에 대해서만 지급할 테니까."

"파타 재단에 속한 병원이 전국에 몇 개가 있다고 했지요?"

"스물여섯 개죠. 그것도 규모가 대단히 큰……. 그 모든 곳에서 그런 식으로 한다면……."

엠버는 살짝 머릿속으로 계산했다. 답은 금방 나왔다.

"매년 조 단위의 돈을 빼돌리는 건 일도 아닐 거예요."

"하지만 그걸 어떻게 확신해? 그리고 그걸 진단받은 사람이 재검하면 어쩌려고? 결코 하지 않을 거라는 건 너무 안일한 판단 아니야?"

손채림은 노형진의 추론에 이의를 제기했다.

"물론 그럴 수도 있지. 하지만 이 부분을 감안해야 해. 그

가짜 치료를 받는 대상이 과연 누가 될 것인가?"

"응? 그게 무슨 소리야?"

"돈이 있고 여유가 있는 사람이라면 다른 병원에서 재검사를 통해 병의 유무를 확신할 수 있겠지. 하지만 미국에서 제일의 복지가 뭔데? 의료보험 아니야?"

미국의 유명 햄버거 체인은 최저임금에도 불구하고 언제나 구직자가 넘친다.

지급되는 돈만 보면 그보다 더 좋은 자리도 있음에도 많은 사람들이 그곳에서 일하려고 하는 이유는, 그 햄버거 체인은 아르바이트생에게까지 의료보험을 지원하기 때문이다.

"아…… 그러네. 의료보험을 자신이 내는 게 아니라 회사에서 내주는 사람이라면 선택의 여지가 없네."

다른 곳에서 어떻게 수천만 원의 돈을 내고 재검하겠는가?

"설사 다른 곳에서 검진해서 그게 아니라고 해도…… 결국 그냥 단순 오진 해프닝으로 끝날 거예요."

물론 그 과정에서 검사비 같은 걸 병원에서 어느 정도 물어 주기는 해야겠지만 말이다.

"하지만 오진으로 물어 주는 병원비가 많을까, 아니면 걸리지 않은 가짜 질병으로 받아 내는 병원비가 많을까?"

애초에 답은 나와 있다.

법률적 입장에서 본다면 오진에 대해, 특히나 사망자가 발생하거나 하지 않은 단순 오진에 대해서는 법적인 책임을 심하게 묻지 않는 것이 현 상황이다.

오진은 실제로 흔하게 일어나는 일이며 병 자체가 애매하고 불확실한 것이 사실인 부분도 있기 때문이다.

만일 모든 오진에 대해 배상 책임을 묻기 시작하면 의사가 제대로 된 치료를 할 수가 없게 된다. 진단 자체가 위험한 행동이 되어 버리기 때문이다.

그래서 오진은 대부분 배상금이 무척이나 낮은 편이다.

그나마 암인데 암이 아니라고 했다거나 하면 문제가 되지만, 암이 아닌데 암이라고 한 경우는 사망자가 발생한 게 아니라서 배상금도 그다지 많지 않다.

"그런데 그건 사기잖아?"

"그런데 그걸 어떻게 알아차릴 건데?"

그 정도 대형 병원에서 질병 진단을 하는 건 정상적인 과정이다.

그 이후에 보험회사에서 환자의 기록을 가지고 병원비를 측정하지만 결국 그 기록을 만들어 내는 것은 병원이다.

"당장 한국에서 의료 소송이 터지면 병원이 유리해지는 이유가 뭔데? 병원에서 그 모든 걸 조작할 수 있기 때문이잖아."

차트에서부터, 필요하면 엑스레이나 MRI 같은 걸 바꿔치는 건 어려운 일도 아니다.

"파타에서 그걸 한다고 하면…… 현실적으로 알아내기는 힘들죠."

"으음……."

"더군다나 미스터 노가 예를 든 건 암이에요. 확실히 치료하기 힘들고 기록이 많이 남지요."

상황이 이해되는지 엠버는 머릿속이 복잡한 얼굴이었다.

"하지만 그렇지 않은 질병도 차고 넘쳐요. 가령 임플란트 같은 것도 문제죠."

"아, 그렇지요. 임플란트."

미국에서 회사를 다니다가 잘릴 것 같으면 가장 먼저 하는 게 종합검진이고 그 후에 하는 게 바로 임플란트다.

워낙 치과 치료비가 비싼 미국이기에 약국에 가면 자가 치과 치료 세트를 팔 정도로 치과 진료가 힘들다.

"한국에서도 병원에 가면 치료할 수 있는 치아까지 임플란트 하라고 설득해. 돈이 되거든. 미국이라고 그러지 않겠어?"

막말로 미국 환자가 살짝 이가 아파서 갔는데 의사에게서 '임플란트 해야 합니다.'라는 말을 들으면 하지 않을까?

잘리면 치아 하나당 3~4천만 원짜리 임플란트를 사비로 해야 하는데?

하지만 현실을 보면 그건 진짜 임플란트를 해야 하는 게 아니라 간단한 치주염으로 약을 며칠 먹으면 되는 수준일 수도 있다.

"이건 실제로 드라마에서도 나온 장면이죠."

병원에 찾아온 여성을 보고 의사는 멀쩡하니 나가라고 한다.

그녀는 그런 의사에게 이가 너무 아프다면서 나가지 않았고, 의사는 나가라고 짜증을 부리다가 문득 그 여자에게 혹시 해직 위기냐고 묻는다.

그러나 여자는 대답하지 않았고, 그걸 본 그 의사는 진단서에 문제가 있는 치아에 대해 모조리 임플란트 요청을 써버린다.

그녀가 해직당하면 치과 치료를 못 받는다는 걸 알기 때문이다.

"이건 그나마 당사자들이 알아서 협의한 거지만요. 주인공의 성격을 보여 주는 감성적인 장면이지만 사실 사기나 마찬가지죠."

그렇지 않은 것들이 문제다.

병의 종류는 많고 증상은 비슷하다.

그걸 확대 진료하는 건 어려운 일이 아니다.

배탈과 식중독은 비슷하지만 그 둘의 치료비는 다르다.

배탈은 약국에서 약을 먹고 쉬면 그만이지만 식중독은 치료하지 않으면 죽을 수도 있는 거다.

만일 병원에서 식중독으로 처방하고 치료하면?

진료비가 못해도 몇백은 나올 거다.

최악의 경우 천 단위가 넘을 수도 있고.

물론 식중독 약을 먹어도 배탈은 낫지만.

"그런 부분까지 감안한다면……."

엠버는 고개를 절레절레 흔들었다.

"그 사기의 피해액은…… 미국 전역을 다 생각하면 수십조 달러가 될 수도 있어요."

"그걸 파타만 할까요?"

"아니요."

엠버는 단호하게 말했다.

"파타만 할 리가 없지요. 암이야 걸릴 가능성이 높지만, 미스터 노의 말대로 걸리지 않을 만한 병들은 널리고 널렸으니까요."

"어…… 음…… 그러면 이거 엄청 큰일 아니야?"

조용히 듣고 있던 손채림은 우려 섞인 얼굴로 말했다.

그럴 수밖에 없다. 그녀는 지금 이 상황에서 오가는 말들이 얼마나 무거운 것인지 알고 있으니까.

"만일 지금 우리가 한 추측이 사실이라면 미국에서 징벌적 배상을 하지 않을 리가 없고, 내 경험상 이 정도면 단순히 상징적인 정도가 아니라 아예 괴멸할 정도로 때릴 텐데……."

문제는 엠버나 노형진의 예상에 따르면 이런 짓을 하는 병원이 한두 곳이 아닐 거라는 거다.

"그러면 미국의 주요 의료 시스템은…… 괴멸 아니야?"

"괴멸이지."

미국에도 작은 의원이 없는 것은 아니다.

그러나 작은 의원에서 처리할 수 있는 수준은 결국 감기, 설사, 배탈 정도이고 개복수술은 대형 병원으로 갈 수밖에 없다.

그런데 이게 터지면 수술할 수 있는 수준의 병원이 모조리 한 번에 날아갈 가능성도 분명 존재한다.

"야…… 이…… 미친놈아! 넌 파티를 하라고 하더니 미국을 망하게 하려고 작정했냐?"

손채림은 어안이 벙벙했다.

"아니, 거기서 파타를 만난 건 우연이고."

"우연이고 나발이고, 이거 진짜 문제 아냐?"

"문제 정도가 아니에요. 미국의 3대 로비스트가 총기, 의료 그리고 건설입니다. 이걸 의료 부문 로비스트들이 그냥 넘어갈 리가 없어요. 의료계에서 정치인들에게 주는 돈은 매년 최소 1조 달러 이상이라고 추정하고 있어요."

무슨 수를 써서라도 사건을 덮으려고 할 것이다.

"하지만 반대로 말하면, 이게 제대로 터진다면 멀쩡하게 남는 곳은 우리 인디언의료재단 정도뿐이라는 거지. 소수의 양심적인 곳들과 말이야."

물론 양심적인 의료 재단들이 좀 남을지도 모른다.

"양심적인요?"

엠버가 피식 웃었다.

"의사들에게 가장 어울리지 않는 말이네요."

하긴, 양심적인 사람이라면 벌써 이런 게 터졌어야 한다.

그런데 누구도 말하지 않았다.

그 말은 그 안에서 타협했든가 제거당했든가 둘 중 하나라는 거다.

"문제는 그 후가 될 거야."

"어째서?"

"징벌적 배상을 맞은 재단이 그 돈을 어떻게 구하겠어? 보험사? 보험사가 미쳤어? 그 순간부터 보험사는 작은 티슈값 하나도 따지면서 안 줄걸."

당연히 그 돈을 지급하기 위해서는 병원 자체를 팔아야 한다.

문제는 한꺼번에 동시다발적으로 쏟아지는 그 수많은 종합병원을 한꺼번에 구입할 수 있는 곳은 없다는 거다.

"그건 설사 나라고 해도 무리야."

물론 두어 개 정도는 살 수 있을지도 모른다.

하지만 전국에서 수십 개에서 수백 개다. 당장 파타의료재단의 병원만 스물여섯 개다.

"아마 대부분의 병원은 압류 후 매각 단계로 넘어갈 거예요. 어마어마한 헐값이 되겠지요."

이것이 병이다

그러나 그건 상대적인 거다.

기존 시설 가격에 비하면 헐값일지 모르지만 어찌 되었건 비싸다는 미국의 의료 시설이다.

그걸 다 살 수 있는 자본을 가진 사람은 없다.

"저라면 몇 개는 살 수 있겠지만."

"몇 개 정도는 가능하겠지요. 하지만 그러면 자금이 거기에 묶이는 꼴이 될 거예요."

하지만 그건 비효율적이다.

당장 노형진은 인디언의료재단에 막대한 투자를 했고, 그쪽에서 돈을 많이 벌고 있는 상황이다.

"어떻게 할까요?"

엠버는 걱정스러운 표정으로 말했다.

이 사건은 시작하는 순간 그 파급력이 월드 클래스가 될 것이다.

의료라는 것은 국가를 유지하는 아주 중요한 부분이다.

그런데 이게 터지면 미국의 의료 시스템이 날아가는 건 기본이고, 그로 인한 파급력은 계산도 못 할 상황이 된다.

"어떻게 하긴요."

노형진은 엠버의 눈에 서린 두려움을 눈치채고 피식 웃었다.

"돈을 벌 수 있는 기회입니다. 그런데 그걸 버린다고요? 그런 멍청한 짓이 어디 있습니까?"

"미스터 노, 이건 미스터 노가 지금까지 했던 어떠한 일보다 파급력이 클 겁니다."

독일에서의 역인종차별 문제, 일본에서의 텐노와 정치인들의 싸움 등등 노형진은 다른 사람들은 생각도 못 할 정도의 월드 클래스의 싸움을 해 왔다.

그런데 그 모든 것도 이것에 비하면 새 발의 피다.

"세상에 미치는 영향력이 무섭다면 아무것도 못 했을 겁니다."

"그렇겠지요."

엠버는 그렇게 말하면서도 손을 부들부들 떨었다.

아무리 그녀가 노형진의 편이라지만 이건 도무지 감이 안 잡힐 정도의 싸움.

"새, 생각할 시간을 좀 주시겠습니까?"

"포기한다고 해도 이해하겠습니다."

"감사합니다."

엠버는 그렇게 말하면서 입술을 깨물었다.

그녀의 얼굴은 어느 때보다 창백했다.

"어떤가요?"

이건 노형진이 자신의 모든 영향력과 자금을 총동원해야

하는 일이었다.

그랬기에 노형진은 자신의 자산 관리인인 로버트에게 상황을 설명해야 했다.

"잠시만요…… 잠시만요……."

로버트는 너무 당황해서 대답도 못 하고 사무실 안을 뱅뱅 돌았다.

미국의 의료 시스템을 한순간 붕괴시키고 누군가가 독점할 수 있는 기회. 그 기대 이익이 얼마나 될까?

"넌 걱정되지도 않아?"

노형진은 왔다 갔다 하는 로버트를 보다가 손채림을 돌아보았다.

"응, 안 돼."

"왜? 넌 안 끼어?"

"당연히 끼는 거지, 안 낄 리가 있나. 그런데 솔직히 내가 가진 걸 톡톡 털어 봐야 미국에 있는 병원 응급실 하나 정도나 살 수 있을까?"

"어…… 그럴 수는 있겠네."

농담이 아니다. 미국의 장비는 비싸기로 유명하니까.

손채림도 돈을 많이 벌고 빌딩을 가지고 있고 주식도 상속받았지만, 그걸 다 팔아 봐야 응급실과 검사실 두어 개 살 수 있는 수준이다.

"워낙 스케일이 크니까 난 솔직히 감도 안 오네."

"그건 그렇지."

노형진도 그렇게 말하면서도 왠지 섬찟한 기분이 들었다.

'운명? 아니면…….'

파티를 좋아하는 것도, 술을 좋아하는 것도 아니다.

그런데 갑자기 파티를 열었다가 파타를 만났고, 그에게서 세상이 뒤집어질 정보를 얻었다.

파타 입장에서는 조금씩 돈을 빼돌리는 정도라고 생각할지 모르지만 이건 미국의 경제 시스템에도 어마어마한 충격이 갈 수 있는 사건이다.

"아, 음……."

로버트는 한참을 방 안을 왔다 갔다 하면서 머릿속을 정리했다.

그리고 사람을 불러서 거의 몇 통이나 물을 마시고는 심호흡했다.

"미스터 노, 이건…… 미친 짓입니다."

"하이 리스크 하이 리턴이죠."

"그건 압니다만, 솔직히 말씀드리죠. 이 정도 충격이면 영국의 브렉시트급의 충격이 될 겁니다."

영국의 브렉시트, 즉 유럽 탈퇴는 전 세계에 막대한 충격을 줬다.

물론 노형진은 그걸 알고 있었기 때문에 거기에 투자해서 적지 않은 돈을 벌었다.

"고작요? 실망스럽네요."

"고작이 아닙니다. 제가 말하는 충격은 전 세계가 받을 충격을 말하는 거지 우리가 받을 영향력이 아닙니다. 사실 브렉시트는 전 세계에 파다하게 알려진 사건이었고 그로 인해 몰려든 투자자들이 어마어마했습니다. 모 아니면 도였으니까요."

잔류에 투자한 자들은 돈을 날렸고 이탈에 투자한 자들은 돈을 벌었다.

"즉, 그 충격을 다수의 자본이 나눠서 감당했다는 겁니다. 하지만 이건 외부에 드러난 사건이 아닙니다. 반대로 말하면, 우리가 이걸 실행하면 브렉시트급의 자본 충돌이 벌어질 건데 그걸 우리가 다 먹는다는 겁니다."

"그래서요?"

"이게 성공하면……."

로버트는 조심스럽게 말했다.

"자본으로 1등은 우습게 될 겁니다. 아니, 넘사벽이 될 겁니다. 미국 역사의 카네기 같은 사람은 눈에도 보이지 않을 정도로요."

그렇다고 미국이 막을 수 있느냐?

그것도 아니다. 미국이 그걸 막는 방법은 단 하나뿐이다.

의료보험을 한국처럼 국민 의료보험으로 바꾸는 것.

하지만 그게 가능했다면 벌써 오래전에 바꿨을 것이다.

미국에서 병원 하나를 제대로 지으려고 하면 얼마나 들까?

500억? 600억?

한국도 그것보다는 더 든다.

제대로 지으려고 한다면 최소 수천억은 든다.

그런데 그게 헐값에 나와서 그걸 구매한다면?

"미스터 노와 미다스의 자산 그리고 마이더스의 모든 자산을 다 투입한다고 치면 어쩌면…… 이율이 1천조 이상이 될 겁니다. 그나마도 우리가 대다수는 못 먹기 때문에 놓쳐서 그런 거지, 전부 다 먹을 수 있다면 경 단위가 될 수도 있습니다."

"경 단위요? 아니, 그게 산술적으로 가능한 거예요?"

"가능하기는 하죠. 하지만…… 어떤 집단에 속한 단위는 아닙니다."

당장 한국의 총자산을 다 합해야 1경을 간신히 넘는다.

"물론 이율이 그렇게 되지는 않겠지만, 미국의 의료 시스템의 가격은 어마어마하니까요."

"으음…… ."

"미스터 노, 저는 말립니다."

로버트는 진지하게 말했다.

"이길 수가 없다고 생각하시나요?"

"법률적으로요? 이슈가 되면 정부로서는 별 방법이 없겠지요. 하지만 나눠 먹기에는 너무 큽니다. 솔직히 말씀드리죠. 이거 먹으면 입뿐만 아니라 엉덩이까지 다 쪼개집니다. 소화할 규모가 아닙니다."

머니게임에도 규모가 있기 마련이다.

돈이 되는 일이라고 해도 덤빌 수 있는 한계가 있다.

노형진이 아무리 노력한다고 해도 이 정도 건을 혼자서 먹을 수는 없다.

"하지만 성공한다면 미국의 의료계를 독점할 수 있겠지요."

"미스터 노! 너무 위험합니다!"

'위험한 정도가 아니라 미친 짓이지.'

노형진이 성공할 수 있었던 가장 큰 이유는 미래의 역사를 알고 있기 때문이다.

어떤 기업이 흥하고 어떤 기업이 망하며 어떤 지역이 발전되고 어떤 지역이 퇴보한다는 것을 다 아니까. 되레 망하는 게 이상한 거다.

하지만 이건?

가능성은 높지만 반대로 위험도 엄청나게 높다.

만일 이게 새어 나가면 미국에서 미친 척 폭탄을 투하해도할 말이 없을 수준이다.

"하겠습니다."

노형진은 흥분으로 손이 떨려 왔다.

아찔할 정도의 기분. 세계의 운명을 손아귀에 넣은 느낌.

과연 법으로 전 세계를 흔들 수 있는 일이 얼마나 될까?

아무리 강한 권력자를 흔들어도, 아무리 돈이 많은 부자를 흔들어도 세계를 흔드는 데에는 한계가 있다.

"돈, 벌어 봅시다."

로버트는 눈을 질끈 감았다.

"알겠습니다. 그러면…… 이 싸움…… 해야겠군요."

로버트의 심장은 그 어느 때보다 강하게 뛰고 있었다.

⚖️

"다행이네요, 엠버. 따로 변호사를 비밀리에 구해야 하나 했거든요."

엠버는 피식 웃었다.

"미국 역사에 이름을 남길 소송입니다. 이걸 그냥 넘길 수는 없지요."

"그러면 마음을 굳히신 건가요?"

"네, 다만…… 이번 일을 끝으로 전 은퇴할 생각입니다."

"네?"

노형진과 손채림이 눈을 크게 떴다.

"아니, 왜요?"

"이 재판이 끝나면…… 전 미국에서는 멀쩡히 살기 힘들

것 같아서요."

"아……."

만일 이 소송이 끝나면 의료 재단에 투자한 사람들의 손실은 어마어마하다는 말로는 표현하기 힘들 지경일 것이다.

"사람이 조용히 있을 때는 조용히 있어야지요. 그러지 않으면 오래는 못 삽니다, 미스터 노."

노형진은 왠지 가슴이 저려 왔다.

그 말을 누구보다 확실하게 느끼는 게 그 자신이니까.

"압니다, 엠버. 하지만 그게 안 되는 사람도 있기 마련이더군요."

"하긴, 그럴지도 모르죠. 저도 지금은 은퇴하기로 결정했지만 이 치열한 전쟁터가 그리워질지도 모르지요. 그래도 일단은 이번 건이 끝난 후에는 당분간 현장에서 물러날 생각입니다. 전에 미스터 노가 한국의 치안이 좋다고 했지요? 그쪽으로 이민해 볼까 생각 중입니다."

"네? 엠버가요?"

"저뿐만이 아닙니다. 이번 일에 투입될 변호사들을 선별해야겠지만, 대부분 비슷한 생각을 할 겁니다."

미국에서는 당분간은 너무 위험하다.

눈이 돌아간 투자자들이 뭔 짓을 할지 모른다.

최소한 언론이 잠잠해지고 변호사들을 추적하지 않을 때까지는 시간을 벌어야 한다.

"유럽은 너무 위험합니다. 생각보다 치안이 좋지 않습니다. 당장 난민들에게 돈을 조금만 주면 사람을 죽이는 것도 어려운 일이 아니니까요. 북유럽 같은 경우는 치안은 좋지만 상대적으로 우리를 보호해 줄 힘이 없습니다. 그에 비해 한국이 우리를 보호해 주지는 않겠지만 거기는 미다스와 미스터 노의 세력권입니다."

"우리에게 의탁하려고 하시는 겁니까?"

그러자 엠버가 차분한 눈빛으로 노형진의 눈을 마주하며 되물었다.

"이 건이 끝나고 나면 과연 전 세계에서 가장 안전한 곳이 어디일까요?"

"……미다스의 영향력이 미치는 곳이겠군요."

단순히 혼자서 동네를 흔든다?

웃기지도 않는 소리다.

노형진이 원하면 대한민국을 폭삭 망하게 하는 건 일도 아니다.

전처럼 마이스터의 힘을 빌릴 필요도 없다.

하물며 국가도 그런데, 미국의 아무리 잘난 투자자라도 해도 미다스의 보호 아래에 있는 사람을 건드리려고는 하지 않을 것이다.

빡치는 건 빡치는 거지만 자기 인생과 목숨을 걸 생각은 없을 테니까.

그런 투자자들이 바보도 아니고 한 바구니에 계란을 다 넣지는 않을 것이다.

손해야 보겠지만 주저앉을 정도는 아닐 테니, 남은 걸 부여잡고 쓰린 속을 달래는 수밖에.

"가능하다면 한국에서 저희가 조용히 살 수 있는 곳을 구해 주셨으면 합니다."

"가능합니다. 보안도 확실한 곳이 있지요."

노형진은 문득 대룡에서 만든 아파트 단지들이 생각났다.

사방이 검찰에 경찰에 법원 근무자 가족이다.

한국에서 군부대를 제외하고 가장 보안이 안전한 곳이라고 할 수 있다.

"바로 들어가도 될 정도로 준비된 곳이니 걱정하지 않으셔도 됩니다."

"좋습니다, 미스터 노. 그러면 저희가 준비하겠습니다. 먼저…… 관련자들을 비밀리에 찾아야겠군요."

"맞습니다. 징벌적 배상을 제대로 받으려면 한두 명으로는 안 될 겁니다. 그들을 비밀리에 인디언의료재단으로 옮겨서 진단받게 해야 할 겁니다."

"우리 드림 로펌의 역량을 총동원하겠습니다. 하지만 자금이 문제입니다. 재판비용이야 둘째 치고, 매물로 나오는 병원을 구입해야 하는데……."

노형진은 빙긋 웃으면서 옆자리에 앉아 있는 손채림을 바라보았다.

"어이쿠, 여기 부려 먹을 사람이 있네요?"

손채림은 묘한 표정으로 노형진을 바라볼 뿐이었다.

애국자의 미친 짓

"자네, 미쳤나?"

"미친 짓은 아닌 것 같은데요."

노형진이 아무리 돈이 많아도 미국의 그 많은 병원들을 먹을 수는 없다.

결국 그걸 같이 나눠 먹을 만한 사람을 구해야 한다.

그리고 딱 적당한 곳이 있었다.

바로 대룡.

미국에서 같이 인디언의료재단을 운영하고 있기에 어차피 재단들을 집어삼키면 그때부터는 도움이 필요하기도 하고, 엠버를 비롯한 은퇴 희망자들을 대피시키기 위해서는 대룡에서 운영하는 보안 아파트가 필요하기도 하다.

"미친 짓이 아니라고? 지금 이 보고서를 보고도 그 말이 나오나?"

노형진이 자료를 주고 분석하라고 했을 때 비밀리에 그걸 조사한 대룡의 분석 팀은 로버트와 같은 말을 했다.

역대급 부자가 되든가, 역대급 미친놈이 되든가.

"일단 불가능한 건 아닙니다. 적당한 세력을 동원한다면 말이지요."

"그걸 동원할 계획은 있고?"

"없었다면 여기서 회장님과 이야기하고 있지는 않겠지요."

"끄응…… 그렇지. 자네가 아무 생각 없이 말부터 내뱉는 사람은 아니지."

유민택은 기분이 묘했다.

처음 만났을 때 노형진은 미성년자였고, 그의 집안을 구해 줬다.

노형진이 아니었다면 대룡은 무너졌을 것이고 성화에 먹혔을 것이며 복수도 못 했을 것이다.

그런데 그런 노형진이 이제는 다른 곳도 아닌 미국을 뒤흔들 생각을 하고 있다.

"후우, 그래. 하려고 한다면 해야지. 그러면 자네 생각은 어떤가? 어떻게 할 생각인가? 우리가 투자하는 건 나쁘지 않네. 하지만 그 투자에는 분명히 한계가 있어."

대룡이 아무리 대기업이라지만 미국의 의료 재단을 집어삼킬 정도의 규모는 아니다.

　　한두 개 정도야 먹겠지만 당연히 턱도 없이 부족하다.

　　"저는 이 건을 한국에서 할 생각입니다."

　　"미국에서 안 하고?"

　　"어차피 미국에서 재판을 준비하는 건 드림 로펌과 엠버가 알아서 할 겁니다. 제가 해야 하는 건 자금을 확보하는 겁니다."

　　"그렇겠군."

　　노형진의 말에 유민택은 고개를 끄덕거렸다.

　　하긴, 그건 비밀리에 준비해야 한다.

　　떼거리로 몰려다니면서 '나 소송합니다.'라고 하면 그쪽에서 모든 준비를 다 하고 증거를 지울 게 뻔하다.

　　"그러면 어떤 식으로 하려고?"

　　"한국의 일반 대중을 대상으로 투자금을 요청하려고 합니다."

　　"뭐? 일반 대중?"

　　유민택은 고개를 갸웃했다. 이해가 되지 않았으니까.

　　"대기업이나 투자회사가 아니고?"

　　"그랬다가는 한국의 가장 큰 문제가 더욱 심화될 테니까요."

　　"그게 뭔데?"

"부의 불평등이지요."

"부의 불평등……. 무슨 소리인지 알겠군. 하긴, 그건 해결은 해야 하는데 방법이 없지."

부의 불평등은 생각보다 심각한 문제다.

부라는 것, 즉 돈이라는 것은 단순히 먹고사는 데 필요한 게 아니라 기회의 문제이기도 하다.

한 달에 1천만 원씩 버는 사람은 가게 하나 망해도 큰 타격이 없지만 한 달에 200만 원씩 버는 사람은 치명적 타격을 입게 된다.

당장 한국에서 부의 불평등 수치는 무척이나 높고 그로 인해 사회적 불평등은 더욱 심화되고 있다.

돈이 있는 사람은 수 킬로그램씩 마약을 대놓고 들여오다가 걸려도 집행유예.

하지만 돈이 없으면 라면 세 개 훔치고 징역 1년.

그걸 고치기 위해서는 정치인들이 정치를 제대로 해야 하는데, 현실적으로 한국의 정치인들은 부자일 수밖에 없다.

"만일 여기서 돈을 더 크게 벌면? 아마도 대한민국은 왕정국가가 될 겁니다."

"그건 그렇지."

유민택 스스로가 재벌이기에 안다.

더 이상 돈이 한쪽으로 쏠리면 한국은 실제로 위험한 수준까지 갈 수도 있다.

동남아를 못산다고 무시하지만 거기가 진짜 찢어지게 가난한 것은 아니다.

도리어 그곳의 문제는 극단적 부의 불평등이다.

"그러면 어쩌려고?"

"크라우드 펀딩을 할 겁니다. 최소 투자 금액은 20만 원부터입니다. 최대 투자 금액은 5천만 원이고요. 뭐, 부자들이 하고 싶어 할지 모르지만, 5천만 원을 투자해서 가지고 갈 수 있는 돈은 상대적이지요. 서민에게는 큰돈이지만 부자들은 그다지 관심도 없을 겁니다."

"크라우드 펀딩?"

"그렇습니다."

외부적으로 그 금액은 미국에 의료 재단을 만드는 목적으로 사용될 것이다.

미국의 의료비가 비싼 건 널리 알려진 사실이고 적당한 조건을 붙인다면 거기에 투자하려고 하는 사람들은 제법 있을 것이다.

"하지만 그렇게 쉽게 해 줄까? 애초에 말일세, 크라우드 펀딩이라는 건 소액 위주의 투자야. 20만 원이야 이해하지만 5천만 원? 그 정도까지 하려고 하지는 않을 걸세."

"보통은 그렇지요. 하지만 말입니다, 원금 보장이라면 어떨까요?"

"원금 보장?"

"그렇습니다. 출금 조건을 은행에다가 붙여서 묶어 두고 원금 보장 형태로 투자받는 거지요."

대부분의 크라우드 펀딩은 돈을 받아서 그 책임자가 운영하는 형태로 이루어져 있다.

문제는 그런 경우에 그 운영자가 제대로 된 놈이 아니라면 어디에 쓰는지도 모르게 사라진다는 거다.

실제로 게임을 만들겠다고 투자받아서 파티 비용으로 홀라당 날려 버린 놈도 있다.

"그런 의심을 불식하기 위해 은행에 조건부 계좌를 만드는 거지요."

조건부 계좌란 특정 목적으로만 출금이 가능하도록 설정한 계좌다.

펀딩으로 모은 돈이기는 하지만 실질적으로 관리하는 건 은행이고, 노형진이 쓰기 위해서는 그걸 합당하게, 목적에 맞게 쓴다는 증명서를 가지고 가야 꺼낼 수 있다.

"그렇게 하면 실패한다고 해도 원금은 확실하게 돌려줄 수 있지요."

"실패라……. 하긴, 실패 확률이 아예 없는 건 아니니까."

징벌적 배상이 안 나올 수가 없는 상황이라곤 하나 현실적으로 그쪽의 로비 역시 어마어마할 수밖에 없고, 미국의 의료 시스템 붕괴 우려 때문에 법원에서 징벌적 배상을 인정하지 않을 가능성도 분명 존재한다.

"그때는 그냥 계획을 폐기하고 원금을 돌려주면 됩니다. 법적으로 문제 될 게 없지요."

"하긴, 그렇게 하면 손해 볼 건 없지."

노형진이 피식 웃었다.

"손해요? 도리어 이득이지요."

"이득? 돈을 돌려주는데?"

"원금 보장형의 투자, 거기에다 운이 좋으면 투자 대비 100% 이상의 수익률. 그것도 연 수익이 그 정도라고 하면 돈이 얼마나 모이겠습니까?"

아마도 그 자금이 어마어마하게 모일 것이다.

투자자들이 가장 싫어하는 게 바로 원금 손실의 위험이다.

당장 은행에서도 온갖 돈놀이를 하는데 그때마다 하는 말이 원금 손실에 유의하라는 말이다.

"그 이자만 해도 저희가 쓴 광고비는 모으고도 남을 겁니다."

"아! 이자! 그걸 생각 못 했군. 자네 말이 맞아. 그러면 충분히 아무것도 하지 않아도 이득이 가능하지. 하지만 이렇게 좋은 조건이라면 은행에 투자된 돈이 일시에 이쪽으로 쏠릴 가능성이 높겠군."

은행과 증권회사의 개미들은 수익률과 원금 보장에 혹해 이쪽으로 쏠릴 수밖에 없고 아마 당분간은 은행과 증권사에서 곡소리가 날 것이다.

"그래서 제가 크라우드 펀딩 구조로 한 겁니다. 만일 그냥 투자받으면 아마 한국 경제 자체가 아작이 날 테니까요."

누가 다른 곳에 투자하겠는가?

무조건 이쪽이지.

"하긴, 1인당 5천만 원이라고 해도 적은 건 아니지만, 그래도 한국 경제가 작살나지는 않겠어."

고개를 끄덕거리는 유민택.

"다만 우리만 특별히 봐준다?"

"물론 대룡만 그런 건 아닙니다. 아무래도 싸움과 이권의 문제로 몇몇 곳에서 자금을 대량으로 공급은 할 겁니다만."

하지만 소위 말하는 부르주아 자본은 철저하게 배제할 것이다.

노형진은 이참에 한국의 부의 불평등을 최대한 해소할 상황이니까.

"특히나 주식의 문제도 확실하게 못 박을 겁니다."

"조건이 뭔데?"

"주식의 양도는 마이스터 한국 지부의 동의를 받아야 한다."

"어째서? 그건 좀 애매한데……. 아니다. 자네는 포항제철 꼴 날까 봐 그러는 모양이군."

"맞습니다. 결국 정치인들의 손에 놀아났죠."

포항제철은 원래 국책 제철소였다.

하지만 민영화를 하면서 정부에서는 국민 대주주라는 이름으로 국민들에게 주식을 팔았다.

당연히 그 가격은 비싸지 않았고, 국민들은 국가의 기간 시설인 제철소를 지키겠다는 생각에 너도나도 주식을 긁어모았다.

그러나 현실은 속임수에 놀아난 것이었다.

원래 정부에서는 그걸 부자들과 권력자들에게 팔고 싶었지만 국민의 눈치가 보였고, 그래서 나온 게 국민 대주주라는 허울 좋은 가면이었다.

말이 국민 대주주지, 대부분의 사람들은 그 주식이 어느 정도 가격이 오르자 냅다 팔아 버렸다.

그런데 애초에 국가에서 국민 대주주라고 팔 때부터 진짜 가격에 비해 단가가 터무니없이 낮게 책정된 상태였기 때문에 부자들은 그 주식을 긁어모으는 데 하등 부담이 없었고, 결국 포항제철은 소위 말하는 검은 머리 외국인들이 주식을 싹 쓸어 간 형태가 되어 버렸다.

"만일 우리가 브레이크를 걸지 않으면 분명 그렇게 될 겁니다."

이윤이 나오는 게 눈에 뻔히 보이니 부자들이나 미국의 투자회사에서 눈독을 들이지 않을 리가 없고, 결국 그들에게 주식이 다 넘어가면 노형진이 아무리 노력해도 운영권을 지킬 수가 없게 된다.

"그래서 미국에서는 자기가 만들고 자기가 키운 회사에서 해고당하는 경우가 제법 많습니다."

직접 만들었다고 해서 주식이 모두 그에게 있는 게 아니기 때문이다.

"자네와 내가 최대 주주가 될 테고 말이야."

노형진은 고개를 끄덕거렸다.

그와 대룡이 손잡는다면 경영권 방어는 어렵지 않을 것이다.

"바로 시작해야겠군."

"이미 시작했습니다. 남은 건 이제 기다리는 것뿐입니다. 물론 그사이에 놀지는 못하겠지만요."

노형진은 입맛을 쩝쩝 다시며 말했다.

⚖️

미국의 의료 재단 투자 펀드. 손채림은 노형진을 대신해서 그걸 공격적으로 홍보하기 시작했다.

방송에서 신문에서 사방에서 어마어마한 광고비를 뿌려 가면서 돈을 긁어모았다.

"이거 어떻게 생각해?"

당연히 직장인들 사이에서는 최고의 핫 이슈였다.

원금 보장형 투자라는 조건, 거기에다가 투자에 성공하면 주식을 준단다.

"이게 말이나 되는 거야? 미국 병원에 투자한다고?"

"야, 미국 병원비가 얼마나 비싼데! 거기에 투자하면 쏠쏠하지 않겠냐?"

"쏠쏠 같은 소리 하고 자빠졌네."

동료에게 일침을 가하는 다른 동료.

"내가 씨발, 그런 헛소리 듣고 주식에 투자했다가 2천만원 날렸거든!"

"그건 네가 멍청한 거고."

"아, 씨발! 그건 확실한 정보였다고."

"확실 같은 소리 하고 자빠졌네. 저거처럼 확실한 게 어디에 있어?"

광고 문구에 적혀 있는 '원금 보장'이라는 문구.

저건 말장난이라고 할 수 없다.

실제로 몇몇 은행이 그딴 식으로 장난치려고 했다. 실제 계약서에는 '원금 보장'이라는 문구를 삭제하는 방식으로 사기를 치려고 한 것이다.

"하지만 저렇게 광고에 대놓고 박아 버리면 증거가 남아서 절대 사기 못 친다고."

"그으래?"

손해 때문에 부정적으로 보던 남자는 귀가 솔깃했다.

"더군다나 말이야, 저기 저 계좌 보여?"

"그게 왜?"

"은행에 문의해 봐도 좋다고 하잖아. 특수 계좌래. 투자금이라고 해도 원하는 대로 꺼내는 게 아니라, 그쪽도 거래를 증명할 수 있는 서류를 내지 않으면 못 꺼내도록 되어 있다네?"

"그게 가능한 거야?"

"그러니까 특수 계좌지."

"흠⋯⋯."

동료는 눈을 데굴데굴 굴렸다.

확실히 원금 보장이라는 말에 혹하기는 한다.

"그러면 투자하면 원금은 언제까지 준다는 거야?"

"3년 이야기하던데."

"3년?"

"해 볼 만하지 않냐? 성공하면 최소 30% 수익 보장이야. 3년에 30% 수익이라니 그런 게 어디에 있냐? 실패해도 원금 보장이라고. 돈 5천만 원 넣어 둬 봐야 실제로 이자가 얼마나 나오냐?"

"하긴."

워낙 이율이 낮아서 요즘은 어디에 넣어 두기도 곤란할 지경이다.

"나는 주택 담보로 해서 한번 넣어 볼까 하고."

"주택? 너 미쳤어? 아무리 원금 보장이라지만 사기면 어쩌려고?"

"사기 아니야. 한국 마이스터에서 이번 투자의 주체는 자기들이라고 공시했어."

"뭐?"

눈을 크게 뜨는 동료.

그도 조금씩 투자를 해 왔기 때문에 마이스터의 이름을 알고 있다.

미다스가 운영하는 기업으로, 어마어마한 수익을 창출하는 투자회사.

물론 미다스가 직접 하는 것보다는 못하다지만 그렇다고 해서 그 자체 수익률이 낮은 것도 아니다.

"진짜야? 거기서 공시한 거 맞아?"

"이 새끼야, 인터넷에서 야한 사진은 그만 좀 찾아보고 경제 뉴스를 봐. 뉴스에 대놓고 때렸다고. 지금 저기에 투자하지 않으면 병신 소리 들을 지경이야."

"어…… 그러면…… 나도 해야지. 당연히 해야지."

"그런데 이건 알아야 한다. 저기서 받은 주식을 처분하는 조건은 무조건 마이스터에게 우선 판매하고, 아닌 경우라고 해도 마이스터에게 허락받는 거야."

"그게 중요하냐? 수익률이 30%인데."

그렇게 말하던 남자는 핸드폰을 꺼내 들었다.

그리고 침을 꿀꺽 삼켰다.

"왜 그래?"

"아니…… 마님을 어떻게 설득해야 하나……."

이미 한번 2천만 원을 날려 먹은 전적이 있는 그는 아내에게 이 투자를 어떻게 설득해야 할지 한숨만 푹 나왔다.

"투자금이 어마어마하게 몰려들고 있어. 하지만 여전히 많은 건 아니야."

"시간은 넉넉하니까."

"그런데 그렇다고 해도 너무 부족한 거 아니야?"

노형진은 이번 건을 위해 자금이란 자금은 다 확보하고 있다.

물론 한국에서 긁어모으는 자금이 어마어마하기는 하다.

하지만 여전히 미국에 투자할 정도는 아니다.

"걱정하지 마. 미국에서도 모을 거야."

"미국? 아니, 부자들은 최대한 배제한다면서? 그게 가능해?"

"내가 왜 너한테 한국을 맡기겠니? 나도 미국에서 할 일이 있어서 그런 거지. 당연히 미국에서도 가능은 해. 다만 조건을 좀 바꿔야겠지만, 후후후."

노형진은 빙긋 웃었다.

"미국인들에게 조삼모사를 한번 해 보자고, 후후후."

미국인들이라고 해서 자국의 의료 시스템에 대해 불만이
없는 게 아니다.

하지만 그걸 바꿀 수 없기 때문에 그저 포기하고 버티는
것이다.

아프지 않기를 바라고 있다가 아프면 그냥 죽어야 하는 인
생. 그게 미국인들의 삶이다.

그런 그들에게 갑작스러운 조건의 투자 유치는 호기심과
관심을 불러올 수밖에 없었다.

"그러니까 주식을 100주 이상 가지고 있으면 병원에서 진
료비를 20% 할인해 준다는 거 아냐? 주주 할인으로."

"그렇지!"

"그래서 100주가 얼마인데?"

"1주에 대략 200달러야. 그러니까 2만 달러쯤 되겠네."

"아, 2만 달러……."

한화로 대략 2,300만 원이다.

절대 적은 돈은 아니다.

"하지만…… 해 볼 만하지 않아?"

만일 아프면 2만 달러로 끝나지 않을 수도 있다.

대부분의 직장인들에게 그건 두려움의 대상이다.

"더군다나 투자가 진행되지 않을 경우에 원금은 보장한다 잖아."

"으음…… 그건 솔깃한데……."

"난 조금 쪼들리더라도 내 볼까 해."

"힘들지 않겠어?"

"해리스 기억 안 나? 암 걸려서 치료하다가 막판에 전 재산 날리고 결국 자살했잖아. 차라리 일찍 자살했으면 가족이라도 살았을 텐데."

남자는 침묵을 지켰다.

미국에서는 흔하게 벌어지는 일이니까.

그런데 현실적으로 자기가 아프다고 자살할 수 있는 사람이 얼마나 되겠는가?

생명에 대한 인간의 집착은 어마어마하다.

"좋아. 투자하지, 뭐."

남자는 결심을 한 듯 고개를 끄덕거렸다.

미래를 위해서라도 분명 도움이 될 거라 애써 믿으며 말이다.

⚖

"생각보다 많이 모이고 있습니다."

로버트는 노형진에게 보고하면서 혀를 내둘렀다.

"교묘하군요. 배당금은 없지만 그 대신에 치료비의 20%를 깎아 준다라…….."

노형진이 미국에서 파는 투자 조건은 배당금이 없다.

이익을 최대한 한국으로 가지고 가기 위해서다.

하지만 대놓고 그렇게 하면 당연히 미국에서는 투자금이 들어오지 않는다.

그래서 내민 조건이 치료비의 20% 할인이다.

그런데 여기에는 살짝 속임수가 들어가 있다.

그게 뭐냐면 현재 치료비가 측정되어 있지 않다는 것이다.

즉, 병원을 구입하고 가격을 측정하고 거기에 대비해서 20%를 깎아 준다는 것이다.

물론 미국 시장을 모조리 집어삼킬 계획 중이기 때문에 병원비 자체가 과거보다 훨씬 싼 가격이 되기는 하겠지만, 그래도 인디언의료재단에 비하면 비싼 가격일 수밖에 없다.

쉽게 말해서 노형진은 미국인들을 대상으로 조삼모사를 시전한 것이다.

"어차피 미국인들 입장에서는 2만 달러가 아주 많은 것도, 그렇다고 아주 적은 것도 아니거든요."

당장 미국에서 한 달 보험료가 100만 원이 넘는다.

그것도 1인 기준이고, 가족이 다 들려면 수백만 원이다.

하지만 이 조건은 주주의 가족 중 누가 아프든 적용이 가능하다.

즉, 단기적으로는 손해일지 모르지만 장기적으로는 유리한 조건이었고, 그 때문에 사람들이 혹할 수밖에 없다.

"더군다나 그 조건도 참……."

그렇다고 주주라고 무조건 할인해 주느냐? 그것도 아니다.

주주로서 할인을 받기 위해서는 노형진이 계약한 보험회사와 주주 전용 보험에 가입해야 한다.

그 말은, 주주가 된 사람은 돈을 아끼기 위해서라도 노형진이 만들거나 노형진과 계약한 보험회사와 손잡아야 한다는 거고, 자연스럽게 주주들이 노형진의 영향력 안으로 들어온다는 걸 의미한다.

"다만 그가 근무하는 회사에서 거래를 거절하는 경우는 10%로 떨어지기는 하지만요."

그렇다고 해도 손해 보는 건 없기에 미국에서 투자하는 사람들의 숫자는 많아지고 있었다.

"이렇게 소액주주 위주로 투자받으면…… 어지간하면 경영권 위협은 안 받겠네요."

로버트는 탄성을 내질렀다.

사실 소액주주는 투자 전문가인 그의 입장에서는 그다지 의미가 없었다. 숫자만 많아서 일만 귀찮아지기 때문이다.

하지만 이런 식으로 엮어 두니 외부의 공격에서 아주 안전한 기업이 되어 가고 있었다.

"아마 우리를 공격하려고 하는 놈들은 머리가 좀 아플 겁니다, 후후후."

"그건 그러네요. 이제 남은 건…… 엠버 양이 잘해 주는 건가요?"

"아니요. 남은 건 이제 보험회사가 잘해 주는 거지요."

"네에?"

로버트는 어리둥절한 표정이 되었다.

노형진은 그런 그에게 말했다.

"우리는 굿이나 보고 떡이나 먹으면 됩니다."

다음 권으로 이어집니다

암살자였던 군주

김기세 판타지 장편소설

**죽음의 신에 의해 세상이 어지러울 때
암살자가 소리 없이 다가와 구원하리라!**

가족을 잃고 왕국 변방에서 평범하게 살아가던
전설의 특급 살수 가브

동생이 생존해 있음을 알고 찾으러 떠나지만
그의 앞에 펼쳐진 것은
누구든 구울이 되어 버리는 흑마법의 세상!

세상을 집어삼키는 것이 마신의 계획임을 깨달은 가브는
대항할 힘을 갖추기 위해 나라를 세우고
군주의 길을 걷기로 결심하는데……!

**군주가 된 암살자는 신도 살해한다!
마음 한편이 서늘해질 다크 판타지가 시작된다!**

재벌잡는 국세청

현우 현대 판타지 장편소설

뇌섹남 팀장님이 발부하는
국세청발 정의 구현 명세서!
『재벌 잡는 국세청』

서울청 조사4국 3팀장 이태준,
그에게 한 가지 비밀이 있다?
매출 누락, 위조 장부, 조세 포탈, 횡령……
회계 자료에 손을 대면 비리가 보인다!

답은 알고 있어도 증거는 필수!
베테랑 같은 초짜 사무관이 보여 주는
경제사범들과의 치열한 머리싸움!

자린고비 건물주부터 대기업 회장님까지,
여러분의 비리를 탈탈 털어 드립니다!

공작가 장남은 군대로 가출한다

로튼애플 퓨전 판타지 장편소설

멸망이 예견된 대륙에서 벌어지는 신들의 한판 게임!
차원을 뛰어넘어 신들조차 때려잡을 게임 브레이커가 나타났다!
『공작가 장남은 군대로 가출한다』

끝없이 몰려오는 몬스터의 파도를 맞아
최후의 최후까지 버티던 이정후, 아니 제이든 레온하르트
10여 년 전, '신의 게임'이라는 이름하에 이계로 떨어진 후
생존을 위해 발악하였으나
제국 최강의 가문까지 말아먹고 드디어 죽음을 목전에 둔 순간!

> 축하합니다. '이정후' 님께서는
> 갓 게임 베타테스터 중 최후까지 살아남으셨습니다.

……이 모든 일이 베타테스트였다고?

최후의 생존자 특전으로
본게임에서 남들보다 10년 먼저 시작하게 된 제이든
전 대륙을 덮치는 몬스터 웨이브에서
오직 '살아남기 위해' 그가 선택한 길은 바로
대몬스터전 최전방 북부군에 자원입대하는 것!

온 대륙에 멸망의 징조가 나타날 때
군대로 가출했던 그가 돌아온다!
강철의 검과 대륙 최강의 신수(神獸)로 세상을 구원하라!

산보 신무협 장편소설

무뢰세가 전쟁령기